散策探訪コロムナ

ペテルブルク文学の源流

近藤昌夫

未知谷
Publisher Michitani

まえがき

コロムナ　北のヴェネツィアあるいはロシア文学揺籃の地

勤務先で二〇一四年度の在外研究が認められ、還暦目前に冬のサンクト・ペテルブルクを経験する幸運に恵まれた。

ヴェネツィアやパルミラに喩えられはするものの、頭に「北の」がつくロシア第二の都市は、北緯五九度五六分に位置している。

それまでに訪れたのはいずれも夏か秋で、冬はまったく知らなかった。並の寒さではないだろう、と思った。

だがペテルブルクは、人口およそ五百万の巨大都市である。

調べてみると、確かにマイナス三五度を記録した年もあるが、年間気温は平均最高気温が九・一度、平均最低気温が二・七度だった。

これはたとえば北海道の帯広市よりも冬は暖かく、夏は涼しいということになる。

メキシコ湾流が大西洋岸を北上するためだった。

実際、二〇一五年の最寒月二月は、前年に続く暖冬の影響もあったが、氷点下の日の方が少なかったし、ひと冬を通して最低気温はマイナス一三度だった。

市が丸抱えのセントラル・ヒーティングのおかげで、暖房は建物の階段部分からよく効いている。室内は、Tシャツにショーツという、真夏の格好で十分だった。

寒さが身に染みたのは、九月半ばから十月上旬だった。いつ暖房が入るのか、アパートの家主に尋ねると、「最高気温が一〇度以下の日が一週間続いたら、とされている」との返事だった。当てにならないということらしい。

「暖房はもう入った?」「まだなんだ」「もうすぐだろう」といったやりとりが挨拶代わりになるのも、初雪の日に「С Первым Снегом《ス・ピェルヴィム・スニェーガム》! 初雪、おめでとう!」と言葉を交わすのと同じように、北国ならではの風物詩なのだ。

北緯およそ四二度の帯広市と比べて大きく違うのは、日照時間の極端な差である。

ペテルブルクは、北極圏(北緯六六度三三分以北)にはあともう少しなので、太陽が、夏は地平線に隠れるし、冬は顔を出す。

したがって、厳密には白夜、極夜ではないことになる。

しかし文学的厳密さに従うならば、ペテルブルクはまぎれもない、白夜の街である。なぜなら世

図1（右）　2015年1月21日正午。影が長く伸びまだ早朝のような感じがする
図2（左）　真冬の甲羅干し（ペトロパーヴロフスク要塞。2015年2月9日）

界的文豪ドストエフスキーがこの街を舞台に『白夜』という小説を書いているからである。

おおよそだが、冬至の頃は日の出が午前十時頃で日の入りは午後四時頃だった。午前十時半を回るとなんとなく明るくなるが、冬は曇天か雪の日が多い。朝、時計を見てもうこんな時間かとびっくりしたことが何度かあった。

冬の晴れた日は、正午になっても影が長いままだ。なんだかまだ早朝のような感じがして時計に目をやる。それが昼食後数時間もすればもう夕暮れのように薄暗くなってくるのである（図1）。そんなだから真冬の甲羅干しも珍しくない（図2）。

いっぽう夏至の頃は、日の出が午前三時半頃で日の入りは午後十時半頃。日中は三五度くらいまで気温が上昇する。『罪と罰』の冒頭をご存じの方も多いだろう。

> 七月はじめ、めっぽう暑いさかりのある日暮れどき、ひとりの青年が、S横町にまた借りしている狭くるしい小部屋からおもてに出て、のろくさと、どこかためらいがちに、K橋のほうへ歩きだした。（江川卓訳）

実際、『罪と罰』が書かれた一八六五年の夏は、日向で四〇度近い、まさにうだるような暑さだったという。

いっこうに陽が沈まず、建物は耐寒仕様である。高緯度になると夕焼けも長くなる。なかなか寝付けなくて生活リズムが乱れてしまう。

図3　ラスコーリニコフの下宿に続く、K（コクーシキン）橋とS（ストリャーリヌィ）横町。左手のドーム屋根の建物の場所に二葉亭が下宿を借りた家があった

かつて、七月上旬にペテルブルクに到着し、それこそラスコーリニコフと同じS横町に十畳一間の下宿を借りた二葉亭四迷が、不眠症のせいで徐々に体力を消耗してゆき、冬場に結核を発症したあげくインド洋上で帰らぬ人となったことはよく知られている（図3）。

高緯度になると気圧も影響する。しばしば「気圧のせいだ」と不調を訴える声を耳にした。アルコールを摂ったわけでもないのにだるくて眠くなったのは、年のせいばかりではなかったのかもしれない。

また、運河の街は湿度も高い。梅雨時の日本に比べれば気にもならないが、ペテルブルクっ子にはたいそう不快なようだ。

寒さ、日照時間、気圧、湿度の四つで北の自然の「秩序」を思い知るにはもう十分である。だが自然は、クロンシュタットの堤防が完成する二〇一一年まで、毎年秋に洪水でもその存在を見せつけていた。

秋の深まりとともに強まる西風はほんとうに勢いが激しい。ネヴァ川が暴風で押し戻されるのが見てわかる日もあった。まったくよくもまあこんな場所に街を造ったものだ、そう思うたびにますますこの街に心惹かれてゆくのであった。

述べたような気候風土なので、季節の変化の印象は、日本のようにゆっくり水平に移ろうのではなく、大きな振幅で上下に変化するような感じだった。

もちろん自然は厳しいばかりではない。季節の変わり目には美しい表情を見せる。ドストエフスキーは春を次のように喩えた。

自然が春の訪れとともにとつぜんその威力を、天から授けられたその力を残りなく発揮し、芽をふき、葉をひろげ、さまざまな花でその身をよそおうとき、わがペテルブルクの自然にはなにか言葉には現わしがたい、胸を打つものがある……。思わず知らず自然は私にこんな少女を思いださせる。病弱でやつれはてた娘、諸君は時には憐みの眼で、時には同情的な愛情をいだいて彼女をながめ、また時には彼女の存在にぜんぜん気がつかないこともあるが、その娘がとつぜん、一瞬のうちに、どうした加減か思いもかけぬすばらしい、言葉に現すことのできぬ美女に変貌する。

(『白夜』小沼文彦訳)

雪と氷の長い冬に耐えた石の街にも、草花がいっせいに息を吹き返す「春の祭典」がやってくる。それは力強い、奇跡的な美しさである。

ドストエフスキーと同じように病んだ少女を喩えに用い、プーシキンが、秋から冬への幽かな移り変わりの美しさを讃えているのは、合わせ鏡のようで面白い。

秋を恋するわたしの気持は、
胸やむ娘が時として人の心を引くようなもの。
哀れな娘は死にゆく運命《さだめ》、
首うなだれて不平不満の色もみせず、
しなびた口に笑みを浮かべる。
底知れぬ墓の息吹も聞かぬげに、
顔にはなおもくれないがさす。——
明日をも知れぬ身の上なのに。

（『秋（断章）』第六連　池田健太郎訳）

プーシキンは秋をこよなく愛し、「黄金の秋」と呼んだ。

プーシキンによれば、ぬかるみの春は「わが病める時」で「憎い」のだそうだ。冬は、春に比べればましだが半年も続くのでうんざりする。夏は「炎暑とほこりと蚊と蠅」がなければいいという。

それにたいして秋のなんとすばらしいことか。晩秋のかそけき美しさが胸にしみると詩人はうたう。

わびしい季節よ！　魅惑の時よ！
お前の別離の装いがわたしは嬉しい。——
自然の豪華な凋落の秋
あかねさし、黄金《こがね》なす林、
木陰をわたるさわやかな風の息吹、
　波うつ霧を流す空、雲間もるかよわき日差し、
　そして初霜のおとずれに聞く
　いんいんたる灰色の冬のとどろき。（『秋（断章）』第七連　池田健太郎訳）

図4　パーヴロフスクの森

ペテルブルクには、市内から電車で一時間もかからない所に、プーシキン（皇帝村ツァールスコエ・セロー）やパーヴロフスクなど、リスの遊ぶ豊かな緑がある。
　たとえば、六〇〇ヘクタールの自然林が広がるパーヴロフスクを散策すると、白樺にしろ、天を突くような巨木が多いのに驚く（図4）。太陽を求めて

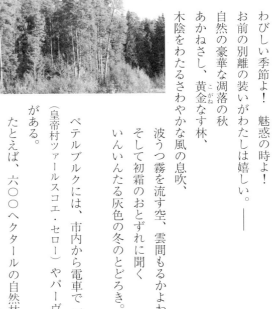

少しでも高く空に伸びたのだ。広葉樹の巨木が、小さな葉をふさふさと纏っているのもおそらく環境と無関係ではないのだろう。

秋、すなわち極端な夏が極端な冬に入れ替わる束の間の季節は、たしかにため息が出るほど美しかった。

冴え冴えとした、ぬけるような青空を背景に、黄金色の森は神々しいほどの美を誇る。木々が琥珀の葉を纏う秋の刹那は、民族衣装姿の娘たちがもの憂い旋律に合わせて舞っているかのようだった。プーシキンが「黄金の秋」をこよなく愛し、詩で愛でたのもなるほど思った次第である。

そして秋は、詩人が好んだ哀調、悲しみの旋律が最も似合う季節でもある。

民族にしろ　家族にしろ　われわれロシアの族《やから》は全部
御者の末から詩の第一人者に至るまで
もの憂い歌を歌うのだ。ロシアの歌は
さながら悲しい号泣だ。これこそあまねく知られた特徴！
祝いの調子ではじまる歌も
おわりはきっと挽歌になる。詩人の歌も
娘の歌も　みな悲しみの味がする。
けれどもぼくは悲調を帯びたその旋律が大好きだ。

（『コロムナの家』木村彰一訳）

図5（右）　ペテルブルクの生みの親ピョートル大帝
図6（左）　バレエ、オペラの殿堂マリインスキー劇場。奥は新館マリインスキー2

「悲しみの味がする」という、冬すなわち死の前に訪れる束の間の秋の美しさはまたこの街の美しさでもある。

十八世紀、厳しい自然の沼地に、突然のように槌音が響きはじめた。大量の石を投じて造成し、何十万もの屍の上にうまれた石造りの人工都市ペテルブルクは、二十世紀には包囲戦で九〇万の犠牲者をだした（図5）。

自然の厳しさと死の重みに耐えた分、この街の、あるいは雪の結晶のような、あるいはひとひらの瑞々しい花びらのような刹那の美は、どこか悲しみを伴うのかもしれない。

先に引用したプーシキンの詩『コロムナの家』にある「コロムナ」とは、詩人も住んだことのある、マリインスキー劇場周辺の下町の名前である（図6）。

土地が低く、毎年の洪水でまっさきに水があがる場所だったので、家賃が安かった。退役軍人や年金暮らしの寡婦、稼ぎの少ない駆け出しの役者や楽師、職人や移民が住む貧しい地区だった。

貧困と舞台芸術の儚い美が共存するこの土地は、闇と光が凝縮したようで、ペテルブルクのほかのどこことも違うとゴーゴリは『肖像画』に書いている。

もちろんゴーゴリの見たコロムナをそのまま今と比べるわけにはいかない。だがコロムナに暮らす人たちは、いまだに昔と同じ趣が残っているという。

確かに現在のコロムナも、整然と区画されたブロックに均等な高さの建物が林立する、秩序と活気のペテルブルクとはどこか違う。

コロムナはフィンランド湾に近いので、海の息づかいが感じられる。運河の曲線に沿って途切れることなくファサードが続き、不均等な高さの屋根、様々な色の漆喰壁が水面にその姿を映している。それゆえ、「北のヴェネツィア」と形容されるペテルブルクで、ヴェネツィアらしい場所は何処かときくとコロムナの名前が返ってくるのである（G・ベリャーエワ）。

詩人ブロツキーは、クズミンが小説に描いたヴェネツィアの、曲がりくねった、湿っぽくて寒い冬の路地に、自分の街レニングラードを重ねていたと回想している。そういわれると、光こそ違うが、ヴェネツィアの、小さな橋が跨ぐ、折れ曲がったような運河とでこぼこした石の家並みは、どことなくコロムナに似ているような気がしてくる。

ブロツキーがいうように、ロシア文学がペテルブルクとともにうまれたのであれば、その原点はコロムナにあるのではないか。

プーシキンの『青銅の騎士』も、ゴーゴリの『外套』も、ドストエフスキーの『罪と罰』もコロムナと関わりがある。

しかも本質的な関わりをもっている。

『青銅の騎士』では、コロムナの住人エヴゲーニィに、一八二四年の記録的大洪水を再現する儀礼遂行者の役割が与えられている。

『外套』の主人公アカーキィは、コロムナの広場で外套を盗まれ、幽霊になってコロムナのカリンキン橋で復讐を果たしたのだった。

『罪と罰』の金貸し老婆アリョーナの家も、ソーニャ・マルメラードワの家も、そしてラスコーリニコフの下宿もやはりコロムナにあり、ラスコーリニコフはコロムナの広場で蘇りの契機をつかむ。いったいコロムナの何がロシア文学を代表する古典をうみだしたのだろう。

何か痕跡のようなものは見つからないだろうか。

街を知るには、そこで暮らし、街をよく知る人に聞くのが一番である。

幸運にも、コロムナで生まれ育ち、コロムナを愛し描いた画家ゲオルギー・コヴェンチューク氏にたくさんのことを教わることができた。

ロシア人の名前には愛称がいろいろある。ウラジーミルならヴォロージャ、ヴォーヴァ、エカチェリーナだとカーチャ、カチューシャ、カーチェンカといった具合である。

コヴェンチューク氏の愛称は「ガガ」である。ジョルシャやゴーシャと呼ばれるのはついぞ聞かなかった。奥様のジャンナさんも「ガーガチカ」と気持ちを込めてガガさんを呼んでいた。

子供の頃、ゲオルギーの愛称「ガーリク」がうまくいえず、名前をきかれると「ガガ」と応えたからだそうだ。

本人も「ガガ」が気に入っていて『私の名は「ガガ」』という画集があるほどだ。

その画集に、ミハイル・ゲルマン氏（美術史家、芸術学者、ロシア美術館主任研究委員。『ドーミエ』、『アントワーヌ・ヴァトー』、『ミハイル・ヴルーベリ』、『ワシーリィ・カンディンスキー』、『マルク・シャガール』ほか多数。父は作家ユーリィ・ゲルマン、弟は映画監督アレクセイ・ゲルマン）が、ガガさんの人と作品について簡潔な文章を寄せている。


ゲオルギィ・コヴェンチュークは、レーピン名称美術アカデミー付属中等美術学校および同アカデミー線画学部を卒業。A・F・パホーモフに師事。卒業制作（一九六〇）は一連のポスター。このジャンルで画家はその後長年にわたり成果を収めてきた。

コヴェンチュークの秀でた才能と芸術活動は、希に見る多様性、知的アイロニー、そして驚くべき独創性にある。彼は大作を描き、オブジェを制作し、牡蠣の貝殻にも絵を描く。

コヴェンチュークは、ロシア・アヴァンギャルドの発展に貢献した、著名な社会活動家・芸術活動家ニコライ・イワノヴィチ・クリビンを祖父に持ち、物心ついた頃から二十世紀の先進的文化を肌で感じていた。

六〇年代は、「闘う鉛筆」（レニングラード宣伝ポスター・風刺画制作集団）のために膨大な数の、実に滑稽なポスターを精力的に制作し、一九六九年から一九七二年にかけては文芸誌「オーロラ」の美術主幹として絵を描き、また執筆もした。

一九七一年に初の個展が開催されたが数日後に当局によって閉鎖された。「形式主義」が理由だった。

一九七四年に単行本として出版されたマヤコフスキーの喜劇『南京虫』のタイポグラフィーとイラストは、センセーションを巻き起こした。

舞台演出と正しく対照された『南京虫』を手にとって、リーリャ・ブリークは、「ヴォロージャが見たら自分の名前をサインしたでしょう」と絶讃した（「リーリャ」はマヤコフスキーの愛人で「ヴォロージャ」はマヤコフスキーの名前ウラジーミルの愛称）。

かれの風刺は審美的だがエネルギッシュである。硬質で響くような色の濃淡に風刺が溢れ出ている。

手法は明らかに現代的だが、言うまでもなく古典的伝統に深く根ざしている。

コヴェンチュークが、オノレ・ドーミエの傑作『洗濯女』の記念碑を、パリのアンジュ河岸にある偉大な巨匠の家の前に建てようと考えたのは、かれの独創的で、大胆で、高潔な人間性をよく物語っている。

このように、コヴェンチュークがモダンな発想と歴史感覚を持ちあわせ、古典芸術が創造した英雄達を今日の生活や今日の芸術の一員とみなしているのは、かれが真の現代画家であるからにほかならない。

コヴェンチュークの作品は、トレチャコフ美術館、ロシア美術館、市立美術館、海外の博物

館やコレクションに収められている。（括弧内訳者注）

本書は、ガガさんとのふだんのやりとり、ペテルブルクでの日々の生活、そして二十一世紀の今に伝わる文化的伝統や習慣に、文学のコロムナを探す試みである。関連するペテルブルク小説の紹介や市販のガイドブックにはあまり載らないペテルブルク案内にも配慮した。

散策探訪コロムナ　目次

ロシア文学研究所
ワシーリィ島
スモレンスク墓地
ペテルブルク大学
エルミタージュ美術館
地下鉄ワシーリィ島駅
クンストカーメラ
マールィ・プロスペクト
美術アカデミー
ネフスキー大通り
元老院広場
スレードニィ・プロスペクト
ブラゴヴェーシチェンスキィ橋
銀行橋
モイカ運河
ボリショイ・プロスペクト
新オランダ
グリボエードフ運河
ライオン橋
セナーヤ広場
マリインスキー劇場
小コロムナ
大ネヴァ川
ニコーリスキィ聖堂
ヴォスクレセンスキー広場
大コロムナ
フォンタンカ川
ポクロフスキー広場
カリンキン橋
エカチェリンゴフ
ナルヴァ門

サンクト・ペテルブルク

散策探訪コロムナ

ペテルブルク文学の源流

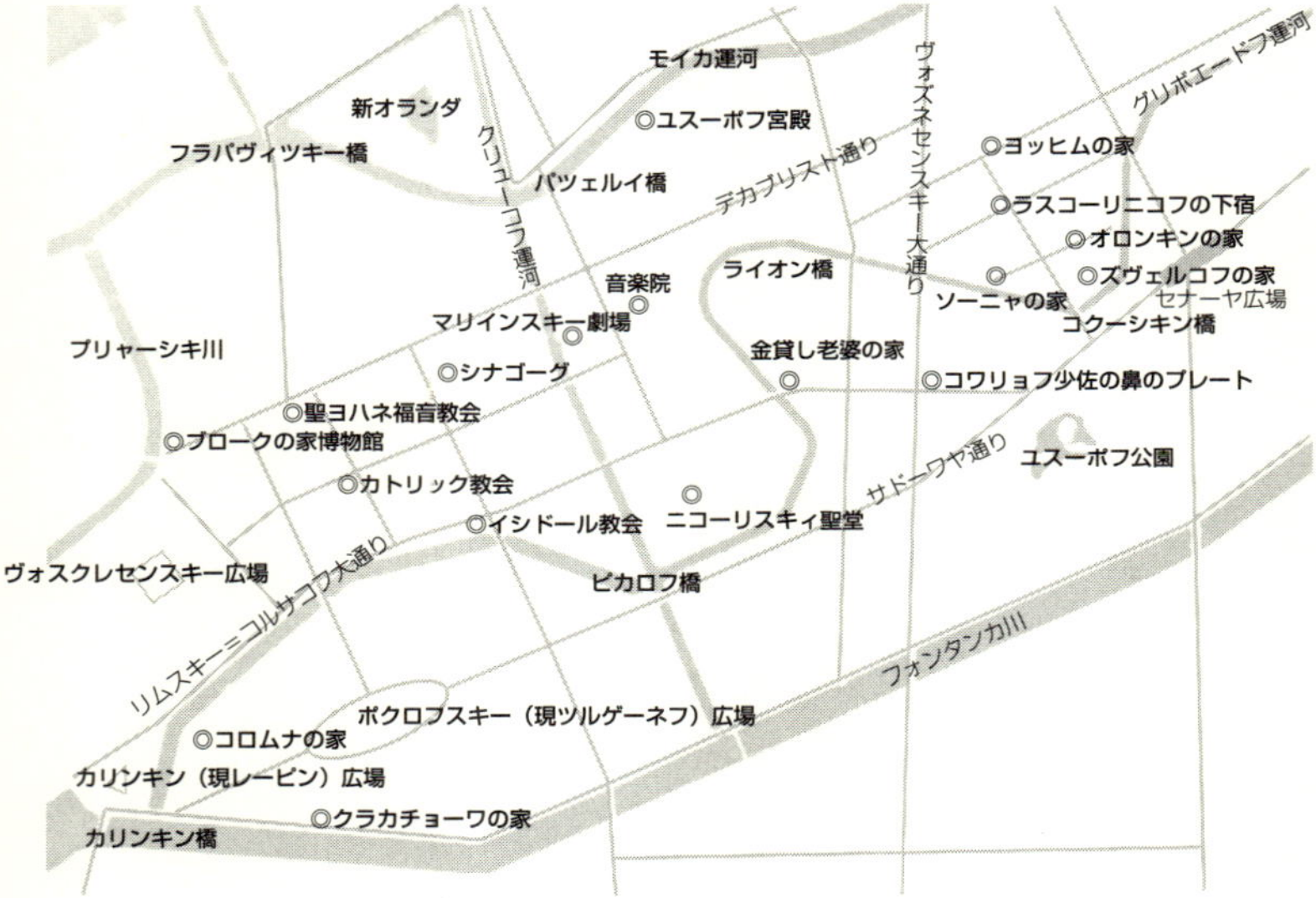

モイカ運河
新オランダ
◎ユスーポフ宮殿
フラバヴィツキー橋
クリューコフ運河
パツェルイ橋
デカブリスト通り
ヴォズネセンスキー大通り
◎ヨッヒムの家
グリボエードフ運河
◎ラスコーリニコフの下宿
◎オロンキンの家
ライオン橋
音楽院
◎ソーニャの家
◎ズヴェルコフの家
セナーヤ広場
◎マリインスキー劇場
コクーシキン橋
プリャーシキ川
金貸し老婆の家
◎シナゴーグ
◎コワリョフ少佐の鼻のプレート
◎聖ヨハネ福音教会
◎ブロークの家博物館
サドーワヤ通り
ユスーポフ公園
◎カトリック教会
◎イシドール教会
ニコーリスキィ聖堂
ヴォスクレセンスキー広場
ピカロフ橋
リムスキー＝コルサコフ大通り
フォンタンカ川
ポクロフスキー（現ツルゲーネフ）広場
◎コロムナの家
カリンキン（現レーピン）広場
◎クラカチョーワの家
カリンキン橋

コロムナ

1　ガガさんとコロムナ

「ガガさん」こと、ゲオルギー・コヴェンチュークには じめてお目にかかったのは、二〇一四年の十一月二日のことだった。モスクワから絵を買いに来たMさんに誘われてお宅にご一緒させていただいたのである。

ご子息のアリョーシャさんと歳が近かったこともあって、ペテルブルク在留中は大変親切にして戴いた。ところが、年があらたまった二〇一五年二月三日、ガガさんは突然のように、八十一年の生涯を閉じられたのだった。

わずか三ヶ月のことだったが、不思議なご縁を感じた出会いだった。

*

図1（右） ニコーリスキィ聖堂
図2（左） 金貸し老婆アリョーナの家

ガガさんは、奥様のジャンナさん、それに猫のカーチャといっしょにペテルブルク市内南西部のコロムナ地区にお住まいだった。コロムナは、ペテルブルクのいわば下町で、ガガさんの生まれた土地である。

ガガさんは新聞のインタヴューに応えている。

今の住まいはニコラ・モルスコイ教会の近くだよ。じつは僕の最初の家、生まれた家は、すぐ近所、グリボエードフ運河沿いにあったんだ。三階の小さな窓からママが、ほら赤ちゃんよって僕を父に見せた。だから僕が最初に見た「街の景色」というのは、運河だったのさ……運河は今も毎日見てるよ、ただ違った目でね。

（「ネフスキー・タイムス」二〇一一年三月二十二日）

お宅は、通称ニコラ・モルスコイつまりニコーリスキィ聖堂（奇蹟者聖ニコライ神現海運聖堂）にほど近い、グリボエードフ運河沿いの建物の二階だった（図1）。

部屋の窓から教会が見えるなんてドストエフスキーの家みたいだと思った。引っ越し魔だったドストエフスキーは、必ず窓から教会の見える家と決めていた。

それに目と鼻の先には『罪と罰』の金貸し老婆の家もある（図2）。ちょうど前日に、Mさん一行を『罪と罰』の舞台となったセナーヤ広場界隈に案内し、アリョーナ婆さんの家にも立ち寄ったところだった。

スクヴァズニーク（舗道から建物の中庭に入る通路）を通りぬけると、すぐ右手にガガさんのアパートの玄関ポーチがあった。

赤茶色に錆びた鉄の扉を開けて、手すりを頼りに、狭くてほの暗い階段通路を進む。ここも歴史のある建物なのだろう、ステップは角がつるつるして所々欠けた部分もあった。

顔をあげると、笑顔のジャンナさんがドアを開けて迎えに出てくれていた。ファッション・モデルのようにすらりと背の高い女性だった。廊下がぱっと明るくなったようだった。

アレクサンドル二世の御代に建てられたというアパートは、マリインスキー劇場にも近く、ガガさんのお宅にはその昔作曲家バラキレフがしばらく住んだこともあったという。

玄関の間から一歩部屋に足を踏み入れると、どこもかしこも絵、絵、絵だった（図3）。

大小様々な作品が、高い天井のすぐ間際までところ狭しと壁を埋めていた。

図3　天井まで一面の絵

文字通り絵に囲まれ、絵に描かれた世界に招き入れられたかのようだった。

そればかりではない。そこはダイニング・キッチンだったが、窓辺にも棚にも床にもオブジェが並び、テーブルにも、キッチンの戸棚にも絵が描かれていた。

シンプルでユーモラスで粋、というのが、ガガさんの絵の第一印象だった。それにリズミカルで明るい。

デフォルメされた作品の中に、はっきり魚とわかる絵があったので伺うと、ジャンナさんの作品だという。

ガガ家は、息子さんのアリョーシャさんも画家である。ガガさんの母親ニーナさんは彫刻家だった。ニーナさんのお父さん、つまりガガさんのお爺さんは、軍医で「未来派の祖父」といわれた画家ニコライ・クリビンである。ガガ家は芸術家一族なのである。

通された客間で、フレンチカンカンの絵を背にして「よくきたね」と笑顔で迎えてくれたガガさんは、スキンヘッドに顎鬚のよく似合う、優しい目をした穏やかな方だった。背は高いほうではなかったが、どっしりしていてまことに大きな存在感があった。

客間も壁は絵で埋まり、絵と絵の隙間にお二人の写真のほか、息子さんのアリョーシャさんの写真や、母ニーナさんの若かりし頃の写真が懸かっていた。

棚にはガガさんのオブジェのほか、あのドーミエのボトル（画家ドーミエの家の地下で見つかったカルバドスのボトル）や旅先で手に入れた想い出の民芸品など、数々の小物がいっぱい置かれていたが、なんだか気の合う仲間どうしがおしゃべりを楽しんでいる風だった。

仕事机の横の書棚にはノートの類がぎっしり並んでいた。取材メモの他、何十年もの間、毎日欠かさずつけてきた日記の一部だという。

また、デスクトップ・パソコンには、データに変換された膨大な量の作品や様々な映像資料が収められていて、ディスプレイをファイルのアイコンが埋め尽くしていた。

一期一会と思うとついあれこれ質問してしまう。

ロシア美術館やトレチャコフ美術館にも作品が所蔵されているロシア功労芸術家は、おそらく何度も同じようなことを聞かれていたことだろう。僕の質問にも、やれやれまたその質問かい、と思ったに違いない。

それでもひとつひとつに、時には大きな目をきらきらさせて、時には目を細めて、お腹の底から湧き出る太い声で、ゆっくりと丁寧にこたえてくれたのだった。ガガさんの声は聞いていて心地よい低音だった。

その日ガガさんは、ご自身が取り上げられたニュース映像のほか、自ら監督したというドキュメンタリー映像なども見せてくれた。

片山ふえさんの『ガガです、ガカの』（未知谷）の出版記念会を取りあげたニュース映像には、著者の片山さん、文豪ドストエフスキーの孫にあたるドミートリィ氏、そして一九一八年生まれの現役長老作家ダニール・グラーニン氏の姿があった。

図4（右） フォンタンカ川とクラカチョーワの家。プーシキン第2の家
図5（左） オロンキンの家。『罪と罰』『賭博者』などを執筆した

会場になった科学アカデミー文学研究所（プーシキンの家）の二階ホールはほぼ埋まり、ニュースは、ふっと立ちあがったグラーニン氏の、「人間と物事の本質を突くガガの作品が好きだ」という祝辞で結ばれていた。

ガガさんが「映像作品もあるんだ」といって見せてくれたのは、一九九六年にフランスのテレビ局と製作したドキュメンタリー・フィルムで、ペレストロイカ後の、物が無かった時代のペテルブルクを記録したものだった。ドキュメンタリーなのだが、ひとひねりあってコムナルカ（共同住宅）に住む男の目で見たペテルブルクという設定になっていた。

コムナルカというのは、一戸の部屋を複数世帯で使う市営共同住宅のことである。風呂、トイレ、台所、廊下を共同利用する。

フォンタンカ川沿いにあるその住宅は、コムナルカになる前、はるか昔のことだが、リツェイ（学習院）を卒業して役所勤めをはじめたプーシキンが『ルスランとリュドミラ』を書き、「ロッシ通り」でその名が知られる建築家ロッシが晩年を過ごした、クラカチョーワの家のひとつだった（図4）。

おそらくガガ監督は、貧しさはいつの時代にも、そして誰にでもあることだといいたかったのだろう。プーシキンですら貧しさに一生つきまとわれたし、偉大な建築家も、娘がたくさんいたために持参金の工面に相当苦労した

とつたえられている。

「コムナルカの男」がまず向かった先は、なんと、これまた前日に歩いたセナーヤ広場界隈だった。

ガガさんは、ドストエフスキーが『罪と罰』や『賭博者』を書いた、カズナチェイスカヤ通りのオロンキンの家で少年時代を送ったという。映像には建物とその中庭が映し出されていた。当時はそこもコムナルカで、ガガさんのところは全部で十一世帯が共同生活していたそうだ（図5）。ナレーションがフランス語だったこともあって、映像を見ながらガガさんが時々コメントを挟んだり、コムナルカ時代のエピソードを紹介してくれたりした。

たとえば、住人の夫婦げんかは日常茶飯事で、狭い廊下を女房のほうが刃物を振り回して亭主を追いかけていたとか、斧を手にした若い男が突然あらわれ、運河に斧を捨てると何食わぬ顔でまたもと来た道を戻っていったとか、あまり穏やかではない話だったが、話し上手のガガさんが相好を崩しながら語ると、物騒な話も不思議と面白可笑しく聞こえるのだった。

当時のセナーヤ広場界隈は、ドストエフスキーの小説に出てきそうな人物や出来事に出くわすことが、まだまだ珍しくなかったという。

話を聞きながら、ストリャールヌィ横町にあるラスコーリニコフの家の碑文を思い出していた。「ドストエフスキーは、ペテルブルクのこの土地の人々の悲劇的な運命をもとに、全人類のために切々と善を説いたのである」（図6）

図6(右) ラスコーリニコフの下宿の建物と碑文
図7(左) セナーヤ橋。奥に見えるのはコクーシキン橋

碑文にある「この土地」がコロムナだということを、僕は後でガガさんに教えてもらうことになる。

続いて「コムナルカの男」の目は、つまりガガさんのカメラは、玩具のピストルを撃ち合う、小学校高学年くらいの少年たちをしばらくとらえていた。撃たれた方はなかなかの演技派で、倒れる真似もうまかったが、倒れてからもなお名優だった。揺り動かされても、服を引っ張られても目を瞑ったままぴくりとも動かない。もしかしたらその後、松田優作にもひけをとらないスターになったかもしれない。

ペレストロイカ後の困窮と人々の疲れきった表情は、あえて撮るまでもなく画面の端々に映っていた。ピストルごっこの少年たちだって、さっきまで母親といっしょに食料品を求めて何時間も長い行列に並んでいたかもしれない。けれども遊びに熱中している少年たちは喜色満面だった。

ガガ監督は、物はなくとも自由や笑いがある、そんな新しいロシアをつたえたかったのだろう。

映像には息子さんのアリョーシャさんも登場していた。

グリボエードフ運河を跨ぐセナーヤ橋で無心にスケッチする二枚目画家の役だ(図7)。若い頃の自分を重ねたのだろうか。「スケッチブックを持たせ

図8　カリンキン橋。アカーキィが化けて出た橋

たんだが、描く真似しかしないんだ」といって嬉しそうに笑っていたガガさんの笑顔に少し影が差した。

「アリョーシャは物知りだし、いい絵を描くんだがなかなか絵が売れないんだよ」。するといつの間にかソファに腰掛けていたジャンナさんが、「そうよ、アリョーシャの絵は、思索的で重厚よ。最近益々深みを増してきたわ」と早口で付け加える。

その後ガガ監督は、自動車で移動しながら町を流し撮りし、グリボエードフ運河の下流に、つまりコロムナ地区の中心へと、さらにフォンタンカ川とグリボエードフ運河の合流点へと向かった。

四つの塔のある古い橋が画面に映ると、ガガさんは「ほらゴーゴリの『外套』の橋だよ」と教えてくれた（図8）。

ゴーゴリの小説『外套』の主人公アカーキィ・アカーキエヴィチは、五十の坂を越えた貧しい小役人である。清書の仕事しか能がないので若い同僚にも馬鹿にされている。

アカーキィは自分の仕事をこよなく愛し、人生に満足していたが、ペテルブルクの寒さがさすがに骨身に沁みるようになってきた。周りから「うわっぱり」といわれ、からかわれていた外套が、繕えないほど擦り切れてしまっ

たのである。

一念発起したアカーキィは、倹約に倹約を重ねて外套を新調する。ところが、仕立て下ろしの外套に袖を通したその日、アカーキィは広場で外套を追い剥ぎに強奪されてしまう。

警察では埒が明かないのでアカーキィは長官に直訴した。ところが長官は、居丈高にアカーキィを怒鳴りつけ、寒さ厳しい冬空に放り出してしまうのだった。風邪をこじらせたアカーキィは、幻覚と熱に浮かされて昇天する。

しかしアカーキィは長官に一矢を報いた。幽霊になって長官の心胆を寒からしめ、カリンキン橋でその外套を奪い取ったのである。

橋の名前「カリンキン」は、おそらく周辺に古くからあった集落「カリンカの村」からとったのだろう。カリンカはカリーナつまりカンボク（スイカズラ科ガマズミ属の落葉樹）の愛称形。秋になると小さな赤い実をたわわにつける。

「画家レーピンのアトリエの近くですね」というと、「そう、レーピン広場がある。『イワン雷帝とその息子イワン』を描いていた。皇子のモデルは知ってるかい？」「ええ、作家のガルシンです」

「そうだ」

『ボルガの船曳』で知られる画家レーピンは、一八六三年から断続的にペテルブルクに住んでいたが、一八八二年にモスクワからすっかり転居すると一八九五年までコロムナで『クールスクの十字架行進』、『イワン雷帝とその息子イワン』、『ザポロージェのコサックたち』などつぎつぎと歴史画の制作に取り組んだ。コロムナの水が合ったという。

『イワン雷帝とその息子イワン』の皇子のモデルになったのは、『赤い花』や『信号』で知られる作家ガルシンである。当時ガルシンは、カリンキン橋からナルヴァ門に続くスタロ・ペテルゴフ大通り38にあった妻の親戚の家（税務局官舎）に世話になっていた。

レーピンは、モデルの労をねぎらい、カリンキン橋のたもとにあったアトリエから家まで送った。話に花が咲いて今度はガルシンがレーピンをカリンキン橋まで送った。ふたりは行ったり来たりを何度も繰り返したそうだ。ちょうど白夜の頃のことだった（図9）。

図9　レーピンのアトリエがあった建物

カリンキン橋はエカチェリーナ女帝の時代にフォンタンカ川に架けられた七つの橋のひとつで、当時の面影を今につたえる橋は、ほかにロモノーソフ橋を残すだけになってしまった。

続いて映像は、カリンキン橋の袂で談笑しながら一服する数人の男女をとらえた。その中にいた女性のコムナルカだろう、ガガさんは、女性が煙草片手にラジオの曲に会わせて陽気に踊る姿を映像に収めていた。

ガガさんが撮られ役に回るシーンもあった。

今は息子さんが住んでいる、チョールナヤ・レーチカの住宅のダイニング・キッチンでガガさんとジャンナさんが口論している。

ジャンナさんが、「毎日の買い物が大変でくたくたよ、ペレストロイカはいい迷惑だわ」とぶつけると、検閲でさんざん苦労を味わったガガさんは、「自由にものがいえない時代はもうごめんだ」と返している。もちろん早口でまくしたてるジャンナさんのほうが迫力ではるかに勝っていた。

そのシーンを観ながらガガさんは、「これを撮っていたフランス人クルーはずっとにやにやしてたんだ」、と自分でも笑っている。

応酬がひと段落したのだろう、ジャンナさんとガガさんがキッチンの小さなテーブルを前に、カメラの方を向いて並んでいる。仲良く肩を寄せ合って照れくさそうににこにこしている。ジャンナさんの笑顔が幸せそうだった。

最後はガガさんの知り合いのインテリ一家が登場した。奥様がソプラノ歌手だそうで、娘さんのピアノ伴奏でご夫婦が何かリリカルな歌をしみじみとうたっていた。歌は「コムナルカの男」を乗せた車が夜の闇に呑まれてゆくまで流れていた。

映像は、ソビエト崩壊後の混沌とした時代を様々な角度から全体的にとらえ、庶民の笑いや喜び、リリシズムをよくつたえていて、ガガさんの絵のように知的で暖かみがあり、優しさにも溢れていた。

ついさっきまでソファに腰を下ろしていっしょに映像を見ていたジャンナさんは、いつの間にか台所で何やら用意しはじめていた。呼ばれるままダイニングに行くと手作りのサラダとアップルパイをすすめられた。

サラダは、ビーツとジャガイモとタマネギをオリーブオイルであえたヴィネグレットで、「これが一番シンプルなロシアのサラダよ」と作り方を教えてくれた。

パイはリンゴの酸味が自然で美味しかった。アントーノフカという、ノーベル賞作家ブーニンの小説のタイトルにもなっているリンゴだった。お菓子には酸味の強いアントーノフカがいいそうだが、最近は輸入物のリンゴが出回り、手に入れにくくなっているという。

その後たまたま地下鉄駅前でアントーノフカをバケツに盛って量り売りしていたので買ってみた。小ぶりで果肉が白く、酸味があるのは紅玉と同じだったが、アントーノフカは黄色で、酸味も香りもずっと強かった。


ガガさんに「ペテルブルクの見所を教えて頂けませんか？」と伺うと、「まずは今見たコロムナだね」とコロムナの名前が真っ先にあがった。それは生まれた土地だからという理由ばかりではなかった。

「文学的にも重要な場所だよ。プーシキンは『青銅の騎士』の主人公エヴゲーニィの住まいをコロムナにしているし、『コロムナの家』という作品もある。ゴーゴリのカリンキン橋はいま見たね。ドストエフスキーだって、金貸し老婆の家がすぐそこにあるし、ラスコーリニコフの下宿の碑文にある「この土地」というのはコロムナのことだよ」

すでに何度も名前があがったコロムナだが、あまり聞き慣れない場所だと思うので、ここで手短に紹介しておこう。

*

コロムナは、市内南西部の歴史地区の名称である。

もともとグリボエードフ運河を境にするふたつの島――コローメンスキィ島とポクローフスキィ島――から成り、ヴォスクレセンスキー広場のある北のコローメンスキィ島を「小コロムナ」、ポクロフスキー（現ツルゲーネフ）広場のある南のポクローフスキィ島を「大コロムナ」という。

現在の行政区画は、モイカ運河、フォンタンカ川、クリューコフ運河、新海軍省運河、ネヴァ川に囲まれた地区で、北のモイカ運河と南のフォンタンカ川を直線で結ぶクリューコフ運河を東の境界にしている。

しかし、東の境界はやや曖昧である。

クリューコフ運河の外側になるが、隣接するマリインスキー劇場やペテルブルク音楽院、ニコーリスキィ聖堂周辺もコロムナに含める立場もあれば（G・ベリャーエワ）、さらにグリボエードフ運河がヴォズネセンスキー大通りと交わる一帯まで広げ、『罪と罰』のラスコーリニコフの家やソーニャ・マルメラードワの家などもコロムナに含める向きもある（N・ベネワレンスカヤ）（図10）。

ガガさんは後者である。

図10（右）　ソーニャ・マルメラードワの家（左）とグリボエードフ運河
図11（左）　エカチェリンゴフ宮殿。エカチェリンゴフカ川から水路が引かれている

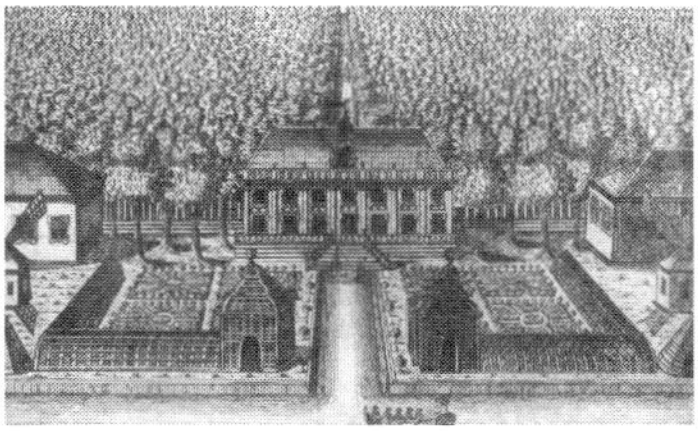

コロムナ開発の礎はピョートル大帝の時代に遡る。

一七一一年、大帝は、北方戦争で緒戦を飾った「ネヴァ河口の戦い」（一七〇三）の地に、妻エカチェリーナのために木造二階建てのエカチェリンゴフ宮殿を造営した（図11）。これによって冬宮や海軍省のある宮殿地区とナルヴァ門のある南西部が、ニコーリスキィ聖堂の前を走るエカチェリンゴフ街道（現リムスキー・コルサコフ大通り）で結ばれた。

コロムナは、その中間に位置している。

コロムナ自体の開発がはじまるのは、海軍省造船所が手狭になり、新たな造船所がネヴァ河口に建造されてからである。

K・コイエトによる古地図（一七二二）を紐解くと、ネヴァの河岸にガレー船造船所、製材所、紡績工場が点々と建ち並んでいる。集落はカリンキン村の名前があるばかりである。

当時を今にしのばせる建物のひとつが、丸太置き場や材木倉庫として建造された新オランダである。凱旋門の円柱と装飾が美しいので観光名所のひとつになっている。

造船関連の職人が住むようになった寒村の開発に拍車がかかったのは、冬宮も被害にあった一七三六年と翌一七三七年の二度の大火のあとである。焼

図12（右）　英国堤防とネヴァ川。円柱の建物はルミャンツェフ邸（歴史博物館分館）
図13（左）　聖ヨハネ福音教会とデカブリスト通り

け出された紡績工、水先案内人、砲手、大工が移り住むようになった。

その中には、帝都建設のための労働力として、ピョートル大帝の命でモスクワから強制移住させられた、コローメンスコエ村の職人たちもいた。コロムナの由来を彼らに求めるのが一般に支持されている説である（一八六五年に「第四海軍省地区」から「コローメンスコエ地区」に名称が変更されている）。

一七六一年、エリザヴェータ女帝がお達しを出した。コロムナには木造建築を禁止する、石造建築しか認めない。すると町並みが変わり、船員や役人も住むようになった。

さらに、コロムナに近い、ネヴァ河口の英国堤防が外国船を迎える表玄関だったので、外国人も住みつくようになった（図12）。エストニア正教会のイシドール教会、エストニア・ルーテル教の聖ヨハネ福音教会（図13）、カトリック聖スタニスラフ教会（図14）、そしてロシア最大のシナゴーグも姿をあらわした（図15）（図16）。

余暇が求められ、現在ペテルブルク音楽院がある場所にエカチェリーナ女帝によってボリショイ・カーメンヌィ（大きな・石造りの）劇場が建てられた。劇場が建造されると、役者やバレリーナをはじめとして様々な劇場関係者がコロムナに住むようになった。また、一八六二年にペテルブルク音楽院が設

図14（右） カトリック聖スタニスラフ教会
図15（左） シナゴーグ外観

立されると、作曲家や演奏家も居を構えるようになった。

職人や海運関連の労働者、下級役人が住む貧しい下町に芸術家や知識人が集まるようになったのである。

作家ではプーシキン、ゴーゴリ、ドストエフスキーのほかに、グリボエードフ、ジュコフスキー、エセーニン、レールモントフ、マンデリシュターム、チェルヌィシェフスキー、ブロークなどがコロムナに住んだ。作曲家では、リムスキー＝コルサコフ、グリンカ、ムソルグスキー、プロコフィエフ、ストラヴィンスキー、チェレプニン、チャイコフスキー、バラキレフなどが居を構えたし、バレリーナではクシェンスカヤ、ムラヴィヨワ、ウラノワ、カルサーヴィナが住まいをもっていた。そして画家ではレーピン、セローフ、クストゥージェフ、ドブジンスキー、ヴルーベリ、建築家ではシレーテル、トンそしてロッシがコロムナの住人となった。

貧しさと華やかさの対照が作家の想像力を刺激したのかもしれない。

プーシキンは『コロムナの家』で、まるでグリャーニエ（ロシアの縁日）の演し物のように男が女装する「あべこべの笑い」の世界を描いている（図17）。

ゴーゴリは、年金暮らしの退役軍人や寡婦が住む浮き世離れした土地から、『肖像画』という、闇の霊が宿る不気味な肖像画の物語をうみだし、『外套』

図16（右） シナゴーグ堂内
図17（左） プーシキン第1の家。現在はホテル「コロムナの家」（写真：タチヤーナ・ラッパ）

の主人公アカーキィ・アカーキエヴィチが外套を盗まれる場所にポクロフスキー広場を選んだ（N・ベネワレンスカヤ）（図18）。

ドストエフスキー『貧しき人々』の主人公ジェーヴシキンは、コロムナのフォンタンカ川沿いを散策し、『白夜』の夢想家は、ニコーリスキィ聖堂の鐘の音が聞こえる、運河沿いの道ではじめてナースチェンカと出会う（L・ルリエ）（図19）。

またコロムナは土地が低く、毎年秋の洪水の季節になると真っ先に水があがる地区だった。

作家グリボエードフが、一八二四年の記録的洪水をコロムナで目撃している。その日、朝九時頃に起床したグリボエードフは、窓の外を濁流が走っているのに驚き、あわてて二階に上がったという。水が引くとさっそく近所の様子を見て回り、被害状況を記録している。

> カーシン橋とパツェルーエフ橋が流されていた。私はプリャーシキ川に沿って迂回した。河岸通りは浮き上がり、鉄の手すりは崩れ落ち、大理石の護岸壁はめくれ上がっていた。フラパヴィツキー橋も橋脚が流され、馬車は通行不能になっていた…。
>
> （「私家版ペテルブルク大洪水」）

図18（右）　ボクロフスキー（現ツルゲーネフ）広場。カリンキン橋も近い
図19（左）　グリボエードフ運河とクリューコフ運河が交わる運河沿いの道で夢想家は初めてナースチェンカと出会う。画家 I. グラズノーフも挿画「出逢い」でここを描いている

クリューコフ運河のカーシン橋とモイカ運河のパツェルーエフ橋が流されてしまったので、グリボエードフは、大回りして下流のフラパツキー橋に向かった。橋を渡ると目の前に視界が開け、ワシーリィ島が見えたという。「周囲にあった数百の家がなくなっていたのである」

これほどの大水でなくとも、毎年のように洪水に襲われたのでコロムナは家賃が安かった。

プーシキンが、同じ大洪水を記録したペテルブルク神話『青銅の騎士』で主人公の貧しい小役人エヴゲーニィをコロムナの住人にした背景には、そうした歴史的事情や土地柄・風土があったのである（図20）。

『青銅の騎士』は三部構成の叙事詩である。序詞ではピョートル大帝の偉業とその創造物であるペテルブルグが讃えられたのち、本当にあった悲劇の幕開けが告げられる。

第一篇は、トリトンと化した洪水のペテルブルグを舞台に、邪神像すなわち「ピョートル一世記念像」とライオン像に跨る主人公エヴゲーニィが対比される。半人半獣が三つ巴になる神話世界の出現である。

第二篇では、洪水に婚約者を奪われ、気がふれたエヴゲーニィがピョート

図20　元老院広場の青銅の騎士

ル大帝を悲劇の元凶とみなし、激しい怒りから騎馬像を痛罵する。エヴゲーニィに洪水が憑依し、青銅の騎馬像との闘いが深夜のペテルブルクで繰り広げられる。悲劇的事実の再現である。その後エヴゲーニィは、洪水で流された婚約者の家とともに無人島で骸となって発見され、懇ろに埋葬される。

ガガさんが生まれ、愛し、描いたコロムナは、ペテルブルク神話の聖地だったのである。

＊

初対面の日、四時間近くお宅にお邪魔しただろうか、コロムナとドストエフスキーではじまったガガさんとの出会いはとても印象深いものだった。もうしばらくペテルブルクに滞在する予定だというと、「また来なさい」と声をかけてくれた。ご高齢でしかもあまり体調が優れない様子だったので遠慮していたが、その後電話やメールで繰り返しお誘いを受けたので、「もう一度作品を拝見できますか」とお願いすると、すぐに「もちろんだとも」と快諾のお返事を頂戴した。翌週のことだった。

2　コロムナの聖地エカチェリンゴフ

お宅に伺うとジャンナさんがさっそくブリヌィを焼いてくれた。たびたびブリヌィをご馳走になったが、その日はスライスしたハムといっしょにいただいた。ブリヌィすなわちロシア風クレープあるいはパンケーキは、太陽の象徴であり、ロシアでマースレニッツァ（バター週間）といわれる謝肉祭には欠かせない行事食、追善食である。マースレニッツァの祭りが「ブリヌィ市」と呼ばれることもあるほどだ。ベリンスキーが「ロシアの生活百科」といった、プーシキンの『エヴゲーニィ・オネーギン』にもこうある。

彼らは気楽な暮らしのうちに
なつかしい昔のふうをとどめていた。
栄養豊富な「バターの週」には

国ぶりのブリンを焼いた。

（木村彰一訳）

ブリヌィはキリスト教の祭事に関わるので、ソビエト時代にはレストランのメニューから消えたこともあったが、今では外食産業の地位を不動のものにしている。

もちろんふだんの食卓にもよくのぼる。昔からある身近な家庭料理の代表格なので、諺にもなっている。物事、最初はうまくいかないことがあるが、そんなとき「一枚目のブリヌィは団子になる」という。

イーストを入れて醗酵させた生地はしっとりなめらかで風味も良い。

おやつやデザートにはジャムや蜂蜜を塗ったり、前菜や軽食にはスモーク・サーモンやイクラ、ハム、チーズをくるんだり、具は何でもござれである。スメタナ（サワークリーム）をのせるとさっぱりしてつい食べ過ぎてしまう。

ジャンナさんのブリヌィを頬張る僕に、「これが本物のロシアのブリヌィだ」とガガさんが太鼓判を押す。

ダイニング・キッチンから書斎に移り、パソコンにデータ・ベース化された膨大な作品をつぎつぎと見せてもらった。

ガガさんはロシア国内はもちろんのこと、フランスを中心とした欧米各地、さらには中国や日本でも個展を開いたり、大学などで講演を行ったりしている。旅先でのエピソードや印象を聞きながら絵を見せてもらうのは至福のひと時だった。

デフォルメされたガガさんの絵は、僕にはよくわからないものも少なくなかったが、どれも面白かったし、印象深い詩的な作品が多かった。明るい色調やユーモアのセンスがエスプリに反応したのだろう、フランスではとても人気だったそうだ。

ガガさんに作品を見せてもらっている間、ジャンナさんはお茶とお菓子を用意してくれたり、食事を出してくれたりで、こちらは恐縮するばかりだった。

ジャンナさんも画家だが、まずは家庭のこと、ガガさんの支えになることを第一に考え、実際にそうしていた。

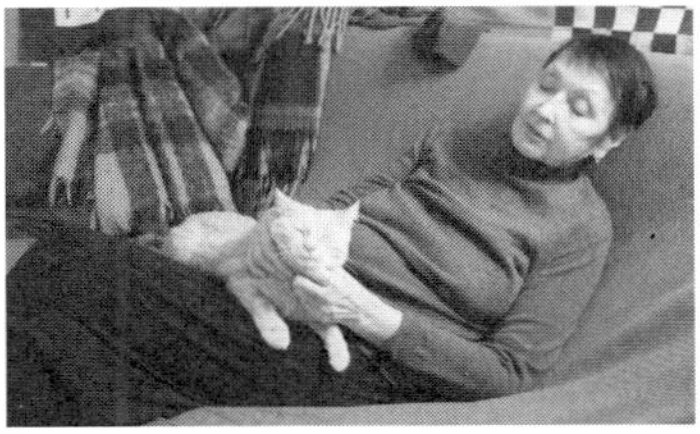
図1（右） ジャンナさんとカーチャ

早口のジャンナさんは身のこなしが驚くほど軽い。しかも、けっしてちょこまかしているのではなく優雅なのである。さすが元女優である。
素早いのは食事やお茶の用意だけでなく、ガガさんの身の回りの世話も同様である。
ガガさんがトイレに立つと、「ガーガチカは胸の調子が悪いの」といって、客間の窓を少し開けて換気する。ソファーに坐って猫のカーチャを膝に乗せていたかと思ったらもう姿がない。すると「ガーガチカ、薬の時間よ」とお盆をもってあらわれる。
息子さんのアリョーシャさんのことも、独立して家庭を持った今でも気に

図2（右）　蓄音機を回すガガさん
図3（左）　肋骨レコード

懸けないときはない。

仕事ではガガさんのマネージャー役に徹し、海外では堪能な英語で積極的に人脈をつくってきた。ガガさんの撮ったビデオ映像にも、クライアントと英語で交渉するジャンナさんの姿がしばしば記録されていた。「ガーガチカの仕事をどんどん知ってもらうことが何より大事、そうでしょう」が口癖だ。甲斐甲斐しく働く姿はまさに良妻賢母の鑑である（図1）。

ガガさんが、「好きな日本の曲があるんだ、リリカルでいいんだよ」とわざわざ隣の部屋から重たい蓄音機を運んできた。かけてくれたのは中野忠晴のうたう「港の別れ」だった（図2）。

中野忠晴は一九〇九年愛媛県大洲にうまれ（奇しくも誕生日はペテルブルクの建市記念日と同じ五月二十七日）、武蔵野音大在学中に山田耕筰に才能を見いだされた戦前戦中の人気歌手・作曲家である。

ジャズと大衆歌謡で活躍したほか、阪神タイガースの応援歌「六甲颪」を最初に吹き込んだことでも知られている。戦後はのどを痛めて作曲家に転じ「達者でナ」や「おーい中村君」などのヒット曲をうんだ。

蓄音機が「港の別れ」をうたいはじめると、ジャンナさんもあらわれ、「いいわ、いいのよこれ、この頃はよかったわ」と昔を懐かしんで、いっしょに

図4（右） 案山子を掲げて練り歩く
図5（左） 公園中央に据えられた案山子

メロディを口ずさみはじめた。どうやらおふたりの思い出の曲らしい。

「小さな喫茶店」や「山の人気者」は、インターネットの動画共有サービスですぐに聴けたが「港の別れ」はとうとう見つけられなかった。家人と同郷でしかも「六甲颪」とくればますます他人事ではない。年甲斐もなくガガさんに、「これはファンのためにフェイス・ブックにアップロードしましょうよ」と提案した。するとすぐに「よし、そうしよう」ということになった。

歌詞の内容を教えて欲しいというので、その場で大意をつたえ、あらためて拙訳を差し上げるとたいへん喜んでくれた。

西欧風の宮殿建築が建ち並ぶペテルブルクで一九三〇年代の日本の大衆歌謡を、それも蓄音機で聴いている——この奇妙な取り合わせに新鮮な違和感を覚えていたら、ＳＰレコードに混じって「肋骨《ろっこつ》レコード」があらわれた（図3）。これには思わず唸ってしまった。

その昔サックス奏者の坂田明さんが、この「肋骨レコード」なるものを求めてモスクワを訪れるテレビ番組があったが、目の前にあるのがその現物だった。

大戦中はジャズを容認していたソビエトだったが、冷戦が深刻化した一九五〇年代になると公式のジャズを除いて禁止。そこで、使用済みレントゲン

図6（右）　アコーディオンを弾きながら輪舞する
図7（左）　雪合戦

写真を利用した非合法の「レコード」が密売されるようになった。
　番組では当時を知るジャズ・ファンが、モスクワの赤の広場でスリリングな売買の様子を再現していたが、ガガさんによると、ペテルブルクでは半ば公然と手に入れることができたそうだ。
　明かりにかざしてみたが、その「レコード」には肋骨も大腿骨も写っていなかった。比較的上等な代物だったのだろう。
　ソノシートとは比べものにならないほどぺらぺらで頼りなく、紙に近い感じで、聴いてみたかった、というより本当に音が出るのかどうか知りたかったが、数カ所にわたってテープの補修が施されていた満身創痍の「レコード」は、痛々しすぎてさすがにこれをかけてくださいとはお願いできなかった。

＊

最初にブリヌイのことを書いたので、「ブリヌィ市」ともいわれる「マースレニッツァ」と、それに関連してコロムナ発祥の原点といっても過言ではない「エカチェリンゴフ」のことに少し触れておこう。

　謝肉祭のことをマースレニッツァすなわち「バター週間」と呼んでいるこ

図8（右）　ペトルーシカ
図9（左）　子供向け拳闘ゲーム

とはすでに述べた。大斎（四旬節）前の一週間を「バター（あるいは油）の週」というのは、断食を前にたらふく飲み食いするからである。思う存分に楽しむのは遊びも同じである。ことに木曜日以降は大いに盛り上がる。

マースレニッツァは、移動祭日の復活祭を基準にしているので年によって日が変わる。二〇一五年は二月二十二日が主日だった。

ペテルブルクでは、公園や広場のほか、街角や中庭にも会場が設営され、週末を中心に五百を超える大小様々な催しが用意されていた。

調べたところ、エカチェリンゴフ公園のマースレニッツァが良さそうだった。

伝統的マースレニッツアの忠実な再現をうたっていたからである。

それにエカチェリンゴフは、述べたように、コロムナの起点あるいは聖地である。ピョートル大帝が妻エカチェリーナのために夏の宮殿を建てたことで、冬宮との陸の中継地にコロムナが誕生したのだった。

マースレニッツァ最終日の日曜、会場となった公園では、民族衣装姿の一団が正午に大きな案山子《かかし》を迎え入れた。案山子は冬の象徴である。十字に組んだ藁に、ショールを結びスカートを穿かせたのもあれば、ダウンジャケットを羽織らせたのもあった。

図10（右）　案山子を送る（vk.comより転載）
図11（左）　手作り案山子を売る少女

一団は祭りの開始を告げると、松明をもった若者を先頭に、案山子を掲げて歌をうたいながら園内を練り歩いた（図4）。案山子はひとまず公園中央に据えられ（図5）、祭の締めくくりに燃やされる。

その間人々は、寒さを忘れて思い思いにマースレニッツァを楽しんでいた。暖冬で雪不足だったが橇滑り用の山が造られていたし、様々な民族衣装姿の人たちが、集まった人たちと輪になって踊り、アコーディオンに合わせて歌をうたい、ゲームを楽しんでいた（図6）。

雪の砦を攻防する雪合戦に興じたり（図7）、焚き火を飛び越えたり、竹馬で園内を歩き回ったり、公園のあちこちから笑い声や歓声が聞こえてきた。熊使いこそ目にしなかったが、ラヨーク（覗きからくり）もあったし、ペトルーシカ人形劇に人垣ができていた（図8）。

残念なことに見逃してしまったが、コサック守備隊ペテルブルク支部による「格闘」（素手で殴り合い罪を洗い流す儀式）の実演も行われたようだ（図9）。

日が暮れかけた頃、歌と歓声の中、人垣の輪の中央に立てた案山子に火が放たれた。案山子が赤々と燃える。最後に灰がまかれ、冬送り、春を迎える儀式は終了した（図10）。

伝統に忠実なマースレニッツァとはいえ、プロの役者も参加するショーで

図12（右） 出店に並ぶのはすべて手作りの民芸品
図13（左） ブリヌィを焼く

ある。それでも、歌や踊りが生き生きと繰り広げられた笑いの空間に、互いに豊穣の願いを確かめあう、いにしえの大地の祭りを垣間見た思いがした。

小学校の高学年くらいだろうか、民族衣装姿の少女が、昔の駅弁の立ち売りのように、浅い箱を首から提げて近づいてきた（図11）。

箱を覗いてみると案山子の人形が何体も並んでいる。民俗学博物館に展示されていた藁の人形とそっくりだった。これは教材として使える。

聞くと、もちろんお手製だという。「どう、五〇ルーブルよ」というので「小さいのをひとつもらおう」といって一〇〇ルーブル札を出した。「お釣りがないわ、大きいのは一〇〇ルーブルだけど、どう？　いや？　ならふたつかって」ということで二体購入した。なかなかの商売上手である。

店開きしている露店をよく見ると、玩具もアクセサリーもどれもこれも皆手作りだった（図12）。

祭りの主役ブリヌィはあちこちでふるまわれていた。なみなみとネタの入った大きなホーロー製のバケツが用意され、焼きあがるのを待つ行列ができていた（図13）。

数あるマースレニッツァの会場の中でもとくにエカチェリンゴフ公園を選んだ理由は、もうひとつあった。

図14（右） エカチェリンゴフ宮殿（絵はがき）
図15（左） 水路を経由してエカチェリンゴフカ川から出入りした

ドストエフスキー『白痴』第一部の結末で、ナスターシヤがロゴージン一党とともに橇を飛ばして向かう音楽ホールすなわち「ヴァグザール」の跡を確かめたかったのである。

ピョートル大帝の造ったエカチェリンゴフ宮殿は、前章の図11（三五頁）で示したように川から船で出入りしていた。

二〇一二年の調査で宮殿の水路および土台は確認済みだった（二十世紀初頭まで博物館として利用されていた）（図14）（図15）。

現在のマースレニッツァの会場は、宮殿裏手にその後造られた公園が拡張され、今に至ったものなのである。

一八二〇年代に、園内にイギリスのヴォクスホール Vauxhall を真似た、レストランつき音楽ホール「ヴァグザール」がモンフェランの設計で建てられた（図16）。ゴシック様式を取り入れた東洋風の建物には、ダンスホール、オーケストラホールがあり、カフェ、レストラン、ビリヤード場などが併設されていた。

そこではクラシック音楽の演奏も行われたし、仮面舞踏会も開かれた。ジプシーがうたって踊ることもあった。オブヴォードヌィ運河の外にあり、町外れになるが、ドストエフスキーの時代には当代一流のオーケストラを抱え

図16（右） エカチェリンゴフのヴァグザール
図17（左） グトゥーエフ教会

ていたというから、格式の高い複合音楽施設だったのだろう。エカチェリンゴフのヴァグザールは一八七三年に火災に遭い、一八七六年に解体された。

ちなみにこのロシアのヴォクスホールすなわちヴァグザールが、コンサート・ホール消滅後も死語にならず、「駅」という意味で今もロシア語に残っているのは、やはり『白痴』の舞台となったパーヴロフスクと関係がある。

一八三七年、ロシア初の鉄道がヴィテプスク駅とプーシキンすなわちツァールスコエ・セロー（皇帝村）を結んだ。その際、終点のパーヴロフスク駅に隣接して音楽ホール「ヴァグザール」が建設されたのである。

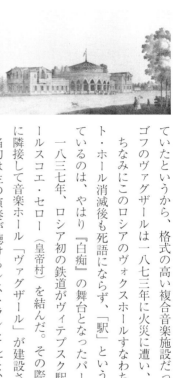

当初は生の演奏が聴けるレストランとしてスタートしたが、「ワルツ王」ヨハン・シュトラウス二世が十年間指揮台に立ち、ワルツやポルカを浸透させただけでなく、モーツァルト、ベートーヴェン、シューベルト、ワグナーをつぎつぎとそこで紹介した。すると演奏会場としての評判が高まり、レストランは移設された。ヴァグザールは、十九世紀末には千人近い観客を収容するコンサート・ホールとして知られるようになり、シャリャーピン、ルービンシュテイン、ヤッシャ・ハイフェッツなど一流の演奏家たちが観客を魅了したという。

プロのオーケストラを抱えるヴァグザールは、一九六〇年代前半に音楽院

図18（右）　ノヴォデヴィチ女子修道院のカザン教会
図19（左）　執り成しの生神女教会。ガポンが務めていた

が開校されるまで、ロシアのクラシック音楽シーンに重要な役割を果たしていたのである。

パーヴロフスクを訪れると、ホールの跡地にお結びのような形をした大きな石の記念碑が残っている。

エカチェリンゴフのほうはというと、「ネヴァ河口の勝利」を示すプレートはあったがヴァグザールの存在を記したものは見つけられなかった。

エカチェリンゴフカ川の対岸には工場が建ち並んでいる。戦車の生産で有名なキーロフ工場である。

工場の並びに金色のドームと紫の尖塔《シャチョール》が美しいレンガの教会が佇んでいる。教会は、建っている島の名前にちなんでグトゥーエフ教会の呼び名で親しまれているが、正しくは主の顕現教会という（図17）。大津事件でニコライ二世が奇跡的に一命を取り留めたことへの感謝の印に建てられた。建築家はカシヤコーフ。

イコン画家山下りんの留学先だったノヴォデヴィチ女子修道院のカザン教会や（図18）、血の日曜日事件のガポンが務めていたワシーリィ島の執り成しの生神女教会もやはりカシヤコーフの設計である（図19）。どれも日本と縁浅からぬ教会である。

図20（左）　ナルヴァ門。ナポレオンとの戦争に勝利した大祖国戦争戦勝記念

そういえば、のちに明石元二郎と接触し、革命の英雄に祭り上げられたガポンのデモ行進は、エカチェリンゴフの目と鼻の先にあるナルヴァ門を出発したのだった（図20）。

図1（右） ライ麦パン
図2（左） アレクサンドル・ネフスキー大修道院のパン

3 ペテルブルクで寿司を巻く

こうして僕は、コロムナから移り住んでいたワシーリィ島のアパートとガガさんのお宅を、文字通り毎週のように往復するようになった。徒歩片道四十分の道のりだったが、楽しかったし、良い運動にもなった。

ご本を頂戴したり、食事をごちそうになったり、ご厚意に甘えてばかりでは申し訳ない。何かお返しができないものだろうか。そこで料理をひと品作って持参することにした。

はて、何を作ろう。

ペテルブルク滞在中、昼食以外はほぼ毎日自炊だった。

主食はパンである。スーパーのパン売場には、寒冷地に強いライ麦の黒パンと、小麦を使用した白パンが、選ぶのに困るほど並んでいた。

図3（右） 大量に出回るビーツ
図4（左） 秋には白菜やダイコンも出回る

ただ残念なことに、白パンのほうが圧倒的に種類が豊富だった。また、黒パンもよく成分表示を見ると、多かれ少なかれ小麦が配合されていた。酸味のある、ライ麦百パーセントのずっしりした黒パンを楽しみにしていたのだが、なかなか目にすることがなく、見つけたときは迷わず手に取った。歯ごたえがあって酸っぱい黒パンは、よく噛んでいると深い味が楽しめる（図1）。

白パンは、スーパーで手軽に手に入るのはどれも頼りなく、食べた気がしなかった。しっかりした白パンは教会の売店で手に入れ、冷凍保存しておいた。何カ所か試したが、アレクサンドル・ネフスキー大修道院《ラーヴラ》のパンがあらゆる点で他の追随を許さなかった（図2）。

チーズも、それにハム、ソーセージの類も、日本に比べたら格段に種類が豊富で、しかも安くて美味しかった。

食材は、総じて味に深みがあったといえる。

野菜類は、ニンジンもタマネギもジャガイモも滋味豊かだった。

ジャガイモは、遅れてドイツから入ってきたと何かで読んでいたのであまり期待していなかったが、これも種類が豊富で、いろいろためした結果、土の付いた通称「赤ジャガ」に落ち着いた。詳しい品種はわからなかったが、

図5（右）　セナーヤ市場の果物売り場
図6（左）　トヴァローク（カテージチーズ）

肌理が細やかだった。室温が二七、八度になる冬は、冷蔵庫で保存しないとたちまち芽が出はじめる。

キャベツはぎゅっと締まって固く、ずっしり重かった。サクサクした日本のキャベツとは別ものと思ったほうがいい。硬くて切るのが大変だったが、ボルシチなどスープに入れると甘みは抜群だった。

外でキャベツのピロシキを食べたときはいつも、あれがこれになるか、とその柔らかさと瑞々しさに感心してまじまじと見つめたものである。

家ではざく切りにしてブリヌィ用のタネにからめ、お好み焼き風にして食べることもあった。千切りにした醗酵キャベツもよく買ったが、こちらもサワークラウトと呼ぶには歯ごたえがよすぎた。

ボルシチの主役ビーツは、市場にもスーパーにも、常に山のように積まれている。ビーツをオーブンで焼いてマリネにしたところ大変色鮮やかに美味しく仕上がった（図3）。

コリアンダーやディル、長ネギなど青い野菜も豊富だった。秋には白菜や大根もお目見えした（図4）。果物ももちろん豊富である。秋ともなれば数種類の柿が店先に並んだ（図5）。

固いと聞いていた生肉も気になるほどではなかったし、少し焼き方を工夫

図7（右） ワシーリィ島市場
図8（左） クズネチニー市場

すれば柔らかく食べられた。主に食べたのは豚だった。豚カツにしても美味しかったが、ペテルブルクで知り合った、若い友人のEさんにもらった塩麹は、ロシアの肉ときわめて相性が良く、塩麹に漬けた豚の胸肉《カレイカ》は忘れられない味のひとつになっている。

ふだんの食材は近所のスーパーで十分だったが、市場に足を運ぶとやはり新鮮なもの、珍しいものが手に入る。たとえばトヴァローク（カテージチーズ）のなめらかさは、スーパーに並ぶパック入りでは楽しめない（図6）。それに市場は店の人とのやりとりも楽しい。顔なじみになると必ずひとこと声をかけてくれる。

コロムナからワシーリィ島に越した頃、近所だったのでよくワシーリィ島市場に通った（図7）。

かつては自由市場だったのだろう、体育館のような建物に八百屋、肉屋、魚屋、漬け物屋などが入っていた。週末には広い敷地の一角に青空市も立った。また、レピョーシカやサムサをタンドールで焼くパン屋も併設され、よく昼食に利用した。

同様の市場は、ほかにドストエフスキー文学記念博物館に近いクズネチニー市場や（図8）、十月大コンサート・ホールに近いマリツェフ市場などがあ

図9（右）　マリツェフ市場。魚が新鮮で種類も豊富だった
図10（左）　大型ショッピングモール「ガレリヤ」

るが、おしなべて値段は高めだった（図9）。

このふたつの市場にはもうひとつ共通点があって、モスクワ駅に隣接する大型ショッピングモール「ガレリヤ」や「ストックマン」に買い物客をとられ、いついってもがらがらだったことである（図10）。

ジャンナさんに、ワシーリィ島市場でよく買い物をするというと、なぜそんな高い市場で買い物をしているのだと驚かれ、セナーヤ市場をすすめられた。セナーヤ市場は確かに活気があって値段も安かったが、少し物騒だったし、ワシーリィ島からは遠かった。

ワシーリィ島市場の常連になりかけた頃、屋台サイズの八百屋、肉屋、乳製品店、菓子店、パン屋などが肩を寄せる、名もなき小さな食料品店を発見し、そちらにも通うようになった。

当初は大型のワシーリィ島市場を聖堂《サボール》、食料品店を小礼拝堂《チソーヴニャ》と呼び、その日の気分で使い分けていたが、小礼拝堂《チソーヴニャ》で「赤ジャガ」を教えてもらい、八百屋自慢のキュウリの浅漬けの味を覚えてからは、聖堂《サボール》から足が遠のきはじめた（図11）。

そしてある日のこと、決定的な出来事が起きてしまったのである。

小礼拝堂《チソーヴニャ》の一隅にクラフト・ビールの直売所を発見してしまったのである。

図11（右）　キュウリ。味が濃く生でももちろん美味しい
図12（左）　ビールコック

なにやら壁から飛び出していたのは燭台ではなく、じつはビールコックで、タンクには生ビールが備蓄されていたのだった（図12）。よく見ると、壁のホワイトボードには「カレリアの紅」とか「宮殿の煌めき」など、約二十種類の地ビールの銘柄が輝き、クワス（麦芽を醗酵させた微アルコール性飲料）や密酒の名前まであったのである（図13）。

ビールは五〇〇グラムから買えて、注文するとペットボトルに詰めてくれる。ビールのつまみのナッツ類、魚の干物も豊富に用意されており、伏兵はこの方面にかけては非の打ち所のない小兵であることが判明したのだった（図14）。

それからというもの、ありがたい「聖水」をもとめ、小礼拝堂《チソーヴニャ》に日参する熱心な信徒になったことは言を俟たない。

ペテルブルクの地ビールはまことに侮れない。

なかでもワシーリィ島醸造所のエールはすばらしかった。

ワシーリィ島醸造所には、醸造所の顔とでもいうべき四合瓶ボトルがある。「エール」、「青髭」、「チェーホフ」の三美神で、アルコール度数は約六〜七％（図15）。

「青髭」はスタウトで、ルビーのように赤い「チェーホフ」は桜の園をイ

図13（右）　ずらりと並ぶ銘柄。手書きは鮮度の証？
図14（中）　つまみの数々
図15（左）　「チェーホフ」（左）と「エール」

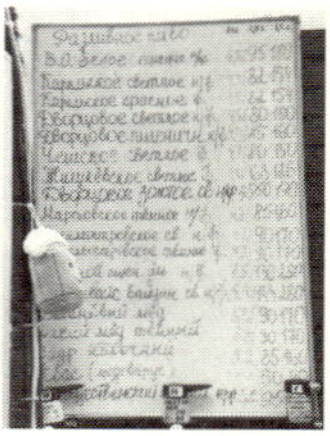

メージして醸造している。色だけではなく、サクランボのほんのりした香りと風味も楽しめる。

ペテルブルクにはほかにも「ラスコーリニコフ」というスタウトを作る醸造所がある。醸造所のサイトには『罪と罰』の一文が引用紹介されている。

> ビール一杯に乾パンひとつで、見ろ、このとおり、たちまち頭はしっかりする、考えははっきりする。意志も強固になる！（江川卓訳）

さすがは文学都市である。実際『罪と罰』のドストエフスキーは、ビールの栄養価をわさびと同等に見なしている。そればかりではない。ラスコーリニコフを真の命の水が流れるエルサレムへと導く神聖な飲み物として、マルメラードフの「命の水」すなわちウォッカと対比しているのである。

近所で素晴らしい食材に十分恵まれたが、生魚だけは、地下鉄でマヤコフスキー駅まで出て、マリツェフ市場で手に入れた。川カマスや鯉、チョウザメなど、川魚が主体だがどこよりも新鮮だった（図16）。「ペテルブルクの誇り」といわれるコーリュシカをよく買ったが、一度も外れたためしがなかった（図17）。

図16（右）　マリツェフ市場の魚売り場
図17（左）　コーリュシカ（キュウリウオ）

コーリュシカすなわちキュウリウオは、なるほど名前の通りキュウリの香りがする。白身の淡泊な魚で、北緯四〇度以上の汽水域に生息する淡水魚である。日本でもカラフトシシャモの名前で出回ることがあるようだが、ペテルブルクのキュウリウオは型の良いキスのようで、ホイル焼きにしてもフライにしても美味しく、すっかりやみつきになってしまった（図18）。

マリツェフ市場は塩漬けニシンのオイル漬けなど魚の加工食品も抜群だった。

さて、ずいぶん前置きが長くなってしまったが、魚をおかずにするとやはりお米が食べたくなる。鍋でお米を炊くのにも慣れたので、ガガさんとジャンナさんへのお礼に寿司を作ってみることにした。

ペテルブルクも空前の寿司ブームで、市内のあちこちで「スシ」の看板を目にした。

ある日ジャンナさんに、日本人は毎日寿司を食べているのか、あなたも寿司が作れるのかと聞かれたので、「イヤイヤ違う」と心の中では呟きながら、「もちろんです」と誤解に応えてみることにしたのである。

お米はドン川が流れるクバン州で生産している。インディカ米だけでなくジャポニカ米もスーパーで簡単に手に入る。お酢もロシア産の米酢が手頃な値段で買えるし、海苔も韓国産や中国産がスーパーに並んでいる。

ジュースの紙パックで箱型を作り、スモーク・サーモンの押し寿司を作ってみることにした。処女作は酢飯の仕上がりがやや甘めになり、しかも水っぽくなってしまった。寿司だということで、ガガさんがわざわざ和皿まで出してくれたのだが、日本に滞在経験があり、本場の寿司もスキヤキもご存じの画伯のお口にはどうやら合わなかったようである。

しかし、お前は毎日こんなまずい物を食べているのかと思われてはご先祖様にも申し訳が立たない。その後もファウスト博士よろしく砂糖の量や酢の加減を変えてコクのある酢飯を追求してみた。だが結局市販のロシア製寿司酢に落ち着いたのだった。「郷に入っては郷に従え」である。

寿司ネタも、手に入りにくいスモーク・サーモンからニシンの塩漬けにかえた。ただスーパーに並ぶ塩漬けのシャケやニシンは、減塩とうたっていても塩分がかなり強い。ウォッカを入れた塩水で塩抜きしてから寿司ネタに使うようにした。

海苔巻きはラップひとつでさらりと巻ける、はずだった。

ところがロシアのラップが難物だった。まず剥がしにくい。専用カッターでまともに切れたためしがない。気を抜くとたちまちくっついて団子になる。「一枚目のブリヌィは団子になる」という諺を唱えては気を取り直すのだが、「三枚目」になると血圧が上がりはじめるのがわかった。

それでもなんとかランチョンマットに広げ、端を洗濯ばさみで固定する。ラップの上に海苔を置

図18（右）　コーリュシカをフライにしてみた
図19（左）　赤い酢飯に「さくらでんぶ」を巻いてみた

き、海苔の手前に一センチ、向こうに二センチの「のりしろ」部分を残し、酢飯の小山を海苔の四隅に置いてゆく。しゃもじで酢飯を均等にならし、具を置く部分に浅く溝をつける。具を乗せたらラップをハサミでカットしたのち、両端をつまんで持ち上げる。

息詰まる緊張の一瞬である。

すると不思議な現象が起きた。

酢飯のほうから「俺、太巻きになる」、と何かとらえようのない意思のようなものがわき上がり、海苔にのりうつって、素直にくるっとまるまってくれたのである。そんなばかなことがあったのである。ラップの張力だろうか……

あとはラップの上から両手で巻いてゆく。

具はカニカマのほか、ツナマヨが好評であった。

ビーツのマリネのマリネ液を酢飯に混ぜると、ほんのり赤みを帯びて美しい。

ドン川のお米とロシア製寿司酢で酢飯を作り、ビーツの赤で染めて韓国産の海苔の上に敷く。カニカマや玉子焼きをパイプラインのように並べる。ユーラシア巻き「さくら」のできあがりである。

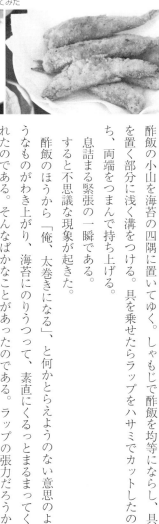

「赤い太巻き」は異国情緒を呼ぶのか、あるいはソビエト時代の郷愁を誘うのか、概して好評で、ジャンナさんにも「お見事！」と嬉しいお褒めの言葉を頂戴した（図19）。

4　マヤコフスキー『南京虫』

ガガさんの代表作のひとつに革命詩人マヤコフスキーの喜劇『南京虫』の挿画の仕事がある。

メイエルホリドに依頼されてマヤコフスキーが書いた夢幻的コメディ『南京虫』は、ネップ（新経済政策）後期の堕落した社会を風刺した戯曲である。

主人公のプリスイプキンは、かつては革命の立役者だったが、今は堕落した元労働者、元党員である。プリスイプキンは恋人ゾーヤを捨ててネップ成金の娘と結婚することにした。結婚披露宴のまっただ中、酔った客が騒いで式場が火事になり、消防車の激しい放水でプリスイプキンは氷漬けになってしまう。

それから五十年後、アルコールも煙草も禁止された無菌室のようなユートピアで氷結状態のプリスイプキンが発見され、蘇生計画が遂行された。けれども、機械化された、衛生無害で合理一辺倒の管理社会に馴染めないプリスイプキンは、いっしょに蘇った南京虫とともにすすんで動物園の見

図1（右）　氷結状態から蘇生したプリスイプキン（ガガさんの『南京虫』より）
図2（左）『ガガ『南京虫』を描く』

世物になる（図1）。

園長が、見物人に向かって、「これこそ人間の血を吸う害虫と全人類の血を吸う害虫です」と説明すると、プリスイプキンは見物人の方を振り返って大声でいう。「兄弟、なぜ僕だけが檻の中にいるのですか、こっちに来ませんか」

見物人は動揺するが、芝居は行進曲で幕となる。

ガガさんの挿絵による『南京虫』は、一九七四年に、マヤコフスキーの生誕八〇周年を記念して企画・出版され、内外から高い評価を受けた。三〇万部刷られたが稀覯本となって久しく、詩人の生誕一二〇周年と、ガガさんの傘寿を記念して二〇一三年に『ガガ、『南京虫』を描く』が出版された。『南京虫』とその版画をセットにした豪華三点セットも同時に出版され、出版記念会と原画展がフォンタンカ川に面した「Kギャラリー」で開かれた（図2）。

ジャンナさんが「ほら、これよ」と『ガガ、『南京虫』を描く』の豪華本を見せてくれた。ずっしり重かった。値段があまりに高いので、一般の買い手はウラロギヤ（泌尿器科）の医者だけだったそうだ。

ウラロギヤという単語を説明してもらい、「ああ、ピーサチ（小用を足す）」

図3 キャバレー「野良犬」

ですね、というと、ガガさんがすかさず、「ピサーチ」（書く・著述する）にひっかけて「そうだ、ピーサチェリ（オシッコを飛ばすひと）だ」とダジャレをとばして目尻に皺を寄せた。

画伯は、茶目っ気も魅力だった。

『南京虫』は、出版にこぎ着けるまでがたいへんだったそうだ。

いかに難産だったか、その経緯を、ジャンナさんが熱心に語りはじめた。ガガさんがときどき補足する。おふたりの話をまとめると次のような次第だった。

述べたように、マヤコフスキー生誕八〇周年を記念して出版記念事業が企画された。ガガさんの母方の祖父ニコライ・クリビンは「未来派の祖父」といわれ（ちなみに「父」はD・ブルリューク）、マヤコフスキーとも親交があった。クリビンは、マヤコフスキーが弾丸のような言葉を連ねて息荒く詩を読んだキャバレー「野良犬」の創始者のひとりであり、詩人の石版肖像画も制作していた（図3）。

そのお爺さんも好きだった『南京虫』は、「闘う鉛筆」で長く風刺ポスターを手がけたガガさんのスタイルにぴったりだった。そこでガガさんに白羽の矢が立ったというわけである。「好きなように描いていい」という「全権

図4　リーリャ・ブリークとマヤコフスキー

委任状」をもらったガガさんは、絵コンテのような挿画構成を一晩で一気呵成に練り上げた。

ところが、「芸術」出版社レニングラード支社が、「欲張りすぎだ、我が国は紙不足だ」、「テキストの読みが奔放過ぎる」とつぎつぎと難癖を付けてきたのである。

しかしガガさんは、「演じる本」の構想を絵に描いた餅にしたくなかった。すぐにモスクワに向かった。有力者に会うためだった。

まずはモスクワ・アカデミー風刺劇場総監督ワレンチン・プルーチェクを訪れた。プルーチェクは、一九二九年に上演された、メイエルホリドによる『南京虫』初演に出演し、マヤコフスキーその人にも才能を認められた元俳優である。ガガさんはそのプルーチェクから、出版の暁には序文執筆の約束を取り付けた。

続いてガガさんは、マヤコフスキーの愛人だったリーリャ・ブリークと会った。リーリャは祖父クリビンのことを良く覚えていて、じつに親身に接してくれたという。サンプルを手に取ったリーリャは絶讃し、「ヴォロージャが見たらここに自分の名前をサインしたでしょう」と最高の讃辞をガガさんに贈り、マヤコフスキーの代わりに、「サンプルを見せて下さってありがとう。ものすごく気に入りました!!!　ひとつやふたつのありがとうでは足りません」と記した（図4）。

ただそのときリーリャは、「わたしは当局に嫌われているので」名前や讃辞を表に出すのは控えた方がいいとガガさんに忠告した。一九三五年にスターリンに直訴状を出し、マヤコフスキーの復権を果たしたリーリャだったが、当時は当局との折り合いが悪く、ガガさんのためにならないと判断したのである。

有力者にお墨付きをもらい、仕事の歯車が再び回りはじめた。

ところが、試し刷りも終わり生誕記念祭まであと二週間というまさに瀬戸際になって、出版社「芸術」のモスクワ本社が出版差し止めをつたえてきた。寝耳に水だった。

今度は何かと思ったら、形式主義だ、勝手な解釈でマヤコフスキーの作品に泥を塗ったというのである。

しかしガガさんは、製本前の試し刷りを自分でのり付けして一冊の本に仕上げると、それをかかえて再びモスクワのリーリャ・ブリークのもとへと向かった。

話を聞いたリーリャは、作家同盟の書記でマヤコフスキー生誕記念祭実行委員会委員長だった作家コンスタンチン・シーモノフをガガさんに紹介してくれた。シーモノフもガガさんの作品を絶讃し、さっそく出版社社長に電話してくれたのだが、相手はとうとう首を縦に振らなかった。

そこでシーモノフは、ガガさん宛の手紙をその場で秘書にタイプさせた。「マヤコフスキー生誕八〇周年記念にこれほどふさわしい本はありません。わが国にとどまらず、世界中のマヤコフスキー・ファンにとって喜ばしい贈り物になるでしょう」。その手紙は「貴殿の判断に委ねる」と結ばれ、公開を許可していた。

シーモノフはガガさんに、手紙を持ってソビエト閣僚会議付属出版委員会委員長ストゥカーリンに会いに行くようすすめた。ストゥカーリンもガガさんの作品を大いに気に入って出版を約束したが、若干の取るに足らぬ修正が求められた。反対派の顔も立てなくてはならなかったのである。

こうしてガガさんは『南京虫』を世に送り出すことができたのだった。

四年の努力は報われた。『南京虫』はその年の年間最高書籍賞に輝いたばかりか、それを元にレニングラード大人形劇場のほか、ポーランドの「スターラ・プラホヴニャ（古い火薬庫）」など内外の劇場で芝居が上演されたのだった。

『ガガ、『南京虫』を描く』にはCDが付属している。マヤコフスキーのミューズだったリーリャ・ブリークの貴重な肉声を収めたものだ。若きガガさんとジャンナさんの声も収録されている。リーリャはその当時八十を越えていたが、艶と張りのある声でパヴロ・ネルーダから贈られた詩を朗読している。

ガガさんによると、その時リーリャはまるで自分の親類縁者のことのように祖父クリビンについていろいろと質問してきたが、ガガさんは母から聞いたことしかつたえられなかったという。ジャンナさんによれば、ガガさんの母ニーナさんは、リーリャの奔放な生き方が受け入れ難く、けっして会いに行こうとしなかったのだそうだ。

この時リーリャの声が録れたのは奇跡だった。

図5（右）　エリザロフスカヤの古書デパート「本の市場」
図6（左）　プーシキン「入り江のほとり」の中庭

そもそもガガさんは、作家シュクシーンを知る人たちからインタヴューを録ろうと、テープレコーダーをかかえてアルタイ地方に出張に出たのだった。その帰りにリーリャの家に立ち寄り、使用済みのテープを潰して彼女の声を残したのである。録音したのは一九七八年四月三十日。

それから四ヶ月後のことだった、ガガさんが「文学新聞」の小さな記事でリーリャ・ブリークの自殺を知ったのは。

*

僕が『ガガ、『南京虫』を描く』を入手できたのは、ミニ・ギャラリーとプチ・カフェを併設した七〇平米ほどの小さな書店だった。

美術関連の古書を揃えるネフスキー大通りの古本屋「芸術世界」で、探している本のタイトルをいうと、エリザロフスカヤの「本の市場」（図5）に行けばあるかもしれないと教えてくれた。さっそくネットで検索すると捜し物はすぐにヒットした。「やった」と思った。ところが電話で確認すると「ない」とにべもない返事だった。

ロシアのアマゾンといわれるオゾンにもなかったので、半ばあきらめかけ

図7（右）　モザイク画のある中庭
図8（左）　火の鳥の中庭

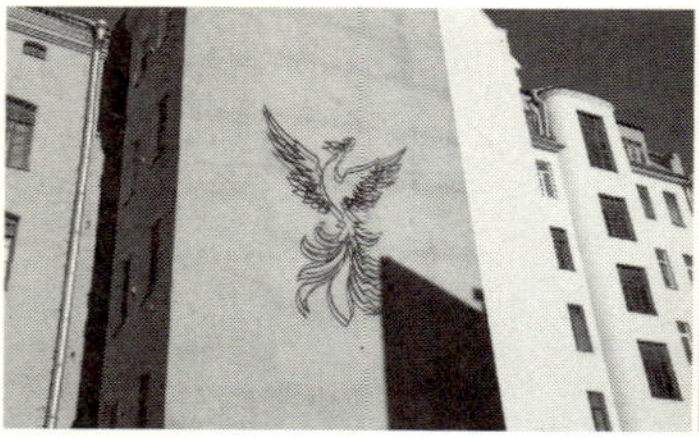

ていた。そうしたら、中庭めぐりの途中で見つけた、隠れ家のような、なかなか素敵な本屋にそれがあったのである。

その書店は、モイカ運河とボリシャヤ・コニューシェチナヤ通りに挟まれた建物の中庭にあり、まるでマンションのリビングのような感じだった。

全体にペテルブルクの建物は、表通りから眺めると、美しいがよそよそしい。しかし一歩中庭に足を踏み入れると、がらりと表情を変えることがある。プーシキンの「ルスランとリュドミラ」の物知り猫がいる中庭（図6）、大きなチェスのコマのある中庭、壁一面を巨大なキャンバスにして中世ヨーロッパの古城を再現した中庭、モザイク画のある中庭（図7）、火の鳥のいる中庭（図8）、井戸の底を体験できる中庭など……。また、通り抜けできる中庭もあれば、迷路のような中庭もあって街の内蔵にもぐり込んだような感じが味わえる。

宮殿広場に近いこの本屋は、中庭のまた中庭にあって冒険心がくすぐられた。

店の名前は「みんなリラックス」。とてもアト・ホームな書店である。

店内には、今は書棚に転用されている古い暖炉があって、その前にソファーと椅子がそれぞれふたつ応接セットのように向き合っていた。ソファーに

図9　書店「みんなリラックス」店内

腰を下ろし、お茶をすすりながら店の本を「立ち読み」してもぜんぜんかまわない。

そしてその暖炉の、レンガのアーチの中央に、なんとマヤコフスキーのポートレートが掛かっていて、探していたガガさんの『ガガ、『南京虫』を描く』が本棚に並んでいたのである！　小躍りしそうになった（図9）。

不思議なものだ。中庭巡りで見つけた書店に入ってみると、「ここ掘れわんわん」とばかりにマヤコフスキーの絵が飾ってあって、探していた本が手に入った。導かれたみたいだった。

メールに入手の顚末を書いて、店内の写真を添付してガガさんに送った。そうしたらいたく気に入って、自分は膝が悪くて歩くのがままならない、かわりに自著を届けてくれと頼まれた。

最初は『ガガです、ガカの』と『ガガ　ぼくは自分を知っていた』を持って行ったが店主が不在だった。するとこれも頼むよと『アパート8号室』を渡され出直すことになった。今度は経営者の若いご夫婦に会えた。

おふたりは最初、自分たちの気に入った本を路上や青空市などで販売していたが、たまたま見つけた今の場所が気に入って落ち着いたのだという。

ガガさんの伝言をつたえると、旦那様がガガさんの本を受け取ってくれ、奥様から、お返しにとオリジナルのカレンダーをあずかった。

こういうつながりをガガさんとジャンナさんは求め、大事にしていた。

人脈とかネットワークとかではなく、縁とか巡り合わせと呼ぶのが似合うつながりである。『ガガです、ガカの』にあるドーミエの夢のお告げも単なる偶然ではなかった。僕が『ガガ、『南京虫』を描く』をこの小さな書店で手に入れられたのも必然だったに違いない。

個人的な話で恐縮だが、ガガさんとジャンナさんが大好きな中野忠晴は家人と同郷だったし、ガガさんはサハリン出張の際に海岸から北海道を見ていて、しばしば「お前が生まれた北海道を見たぞ」といってくれた。

ガガさんと同じアパートに住む明るくて爽やかな若夫婦は、旦那様がかつてサハリンで銀行勤めをしていて、奥様は青森で一年ほど暮らしたことがあるということだった。職場の若い同僚Nさんが青森出身という偶然からM銀行のことなど話に花が咲いた。

また、ガガ家のクリスマスの宴で知り合った画家のガフールさんがアストラハン出身だとわかってこれまた奇縁だと思った。

勤務先の学生たちがロシア語で作成したビデオをフェイス・ブックで公開したところ、アストラハン大学で日本語教師を務めるSさんの目にとまり、アストラハンの学生たちから日本語のビデオ・レターが届いたところだったのである。

これにはおまけがついていて、奇しくもSさんは、Nさんと同じ津軽地方の出身で、時期こそ違うが、ふたりともキルギス在住経験者だったのだ。

何かの縁でつながっていた人が集まるからだからだろうか、ガガ家にはときどき現実離れした話も舞い込んできた。ダイニングで電話をしていたジャンナさんが、「ガーガチカ、ガーガチカ」といいながら客間にやってきた。

「サーシャが蒸発したんだって」

サーシャさんというのはコンピュータのプログラマーで、以前はよくガガ家に遊びに来ていたのだが、最近とんと顔を見せなくなった。妻子を捨てて修道院に入ったらしい、とのことだった。

ユロージヴィ（神がかり、世捨て人）など、ロシアではまだまだ珍しくないと聞いてはいたが、ペテルブルクのような都会で、しかもこんなに身近で耳にするとさすがに少し驚いてしまう。

大阪暮らしも二十年以上になるが、家族を捨てて出家したという話はまだ聞かない。

引きも切らずにひとがやってきたり、ひっきりなしに電話がかかってきたりするのは、あるいはまた、ガガさんとジャンナさんがコムナルカ時代のような人づきあいを懐かしんで実践していたのは、何か実感のある、人と人とのつながりを求めていたのだろう。

おふたりは、コムナルカ時代が懐かしいとしばしば口にしていた。

十一世帯五十人ほどが暮らすコムナルカにプライバシーなどあろうはずがなく、そればかりか、父親ワシーリィさんがイギリスのスパイだと密告され「人民の敵の子」にされた経験もあったのに、それでもいつも誰かが周囲にいて、たがいにたがいを気にかけあう関係のほうが幸福だという。

そんなコムナルカの生活を回想したエッセイ集が『アパート8号室』である。『アパート8号室』の一節を、ジャンナさんとガガさんがかわるがわる朗読してくれたことも忘れがたい想い出である（図10）。

朗読してくれたのは「ボスの死」

美術アカデミーの教室でスターリンの死を知らされたときの話である。

その日の一時間目は歴史の授業だった。教室のドアが開き、学生たちはイワン・ボリーソビチを起立して迎えた。イワン・ボリーソビチの眼鏡の奥は、泣きはらして真っ赤だった。一夜で老けてしまったかに見えた。イワン・ボリーソビチは、スターリンの死をつたえ、全員で同志に一分間の黙禱を捧げた。

二時間目は数学だった。そういう場にはまったくふさわしくない、愛すべきステパン先生の授業だった。

いつものつんつるてんのジャケットに紫色の安物のネクタイを締めたステパン先生は、新聞に載った公式の追悼文を一字一句漏らさず繰り返し、同志スターリンのために一分間の黙禱を求めた。そしていつものように天上を見上げて「口をリボンのように結んだ」のである。

ガガさんは、そのような厳粛な静けさの中で笑うことは、国家反逆罪にも等しいことだとわかってはいたが、どうしようもなく笑いがこみあげてきた。苦しくて涙まで溢れてきた。気取られないよう頭を抱えて必死でこらえた。

もうだめだ、これ以上堪えきれないと思ったとき、肩を触る手があった。ステパン先生の手だった。先生はガガさんの顔を覗き込んで、驚くほど真剣な表情でしばらくガガさんの目を見つめると、深く息を吸い込んで哀しげに囁いた。「そうか、辛いのか」こうして沈黙の時間は終わったのだった……

図10　ガガさんのエッセイ集
『アパート8号室』表紙

5　「未来派の祖父」ニコライ・クリビン

ガガさんの『南京虫』の挿画の仕事は、そもそも偉大な祖父あってのことだという。ニコライ・クリビン（一八六八〜一九一七）とはどんな人物だったのだろう（図1）。

クリビンは幼いころから絵が大好きで、画家を志すも家貧しく、父親の勧めに従って軍の医学アカデミーに進学した。

医学アカデミー時代のクリビンは、熱心に臨床医学を学び、最終学年にはボランティアとしてコレラの防疫活動に参加している（一八九三年のコレラは全ヨーロッパに広がりチャイコフスキーの命も奪った）。学業きわめて優秀だったクリビンはアカデミーに残り、研究を続けた。

学位論文のタイトルは「アルコールが動物の肉体に及ぼす影響」だった。学位取得にまつわる逸話がつたえられている。

公開審査の前日に、あろうことか酔っ払った実験用の猫が論文をくわえて逃げ出した。幸い猫が

図1（右） クリビン自画像

図2（左） クリビン（「マチューシンの家」のパンフ）

千鳥足だったので首尾良く論文を奪還し、めでたく博士号を取得できたのだという。

医学の分野でも前衛だったクリビンは、様々な医療器具を発明したほか、いちはやくX線に注目し、放射線研究室でX線が人体に与える影響の研究にも取り組んでいる。

一九〇五年、クリビンは陸軍医学アカデミーの専任講師となる。組織の保守性や官僚主義を嫌い、教鞭を執りながら保健医として貧しい人々を無料で診療していたという。その後帝国陸軍参謀本部軍医長を務め、四十歳の若さで四等文官まで登りつめた（図2）。

すると陸軍中将クリビンは、傍ら続けていた絵画にも仕事の重心を傾けはじめた。かねてからの夢だった芸術の道を、遅れを取り戻そうとするかのように「大股で」歩みはじめたのである。

画家クリビンは、もっぱらアトリエにこもって制作に没頭したのかというと、そうではなかった。

論文執筆、マニフェストの公表、公開討論会や展覧会の企画運営、科学、文学、音楽、芸術についての講演、画家協会の組織、本の装丁・挿画、舞台美術と、幅広く社会的活動にも参加している。と同時に、エヴレイノフ、メイエルホリド、クルチョーヌィフ、カンディンスキーそのほか数多くの前衛芸術家たちと積極的に連携を図った。

クリビンのそうした全体的活動の背景には、二十世紀初頭の芸術・哲学思想の動向があった。象徴主義の、物質と精神の二元論では飽き足らなくなり、科学と芸術の目的を一致させようという新たな運動が広がりはじめていたのである。

ミクロコスモスとマクロコスモスは同じ法則を共有しており、たとえそれが鉱物界、植物界、動物界、人間社会であれ、あるいは人間の思考と創造の領域であれ、すべては宇宙の原理に従っていて、森羅万象は不可分の一体を成している――そのような思想にクリビンも傾倒していた。

思想の実践のひとつが、たとえば、新旧のグループが一堂に会した展覧会の主催だった。

ペトログラツキー島の、ミハイル・マチューシン、エレーナ・グロー夫妻の自宅が若い前衛芸術家たちのサロンになった時期があった。マヤコフスキー、フレーブニコフ、マレーヴィチ、クルチョーヌィフ、ブルリューク兄弟、カメンスキーなどがそこに集った。

一九〇八年、その「マチューシンの家」（現・ペテルブルク・アヴァンギャルド博物館）でクリビンが主催する「芸術における現代の潮流」展が開かれた。

当時ペテルブルクでは新旧七つの美術グループが別個に活動していた（前衛グループは、クリビンの心理・芸術グループ「三角形」と、のちに「未来派の父」といわれるダヴィド・ブルリュークのグループ「花冠」のふたつだった）。それらすべてのグループがこの展覧会で顔を揃え、クリビン自身も前衛画家としてデビューを飾ったのだった。

ペテルブルク・アヴァンギャルドはこの展覧会をもって始動したとされている。

クリビンは、「芸術における現代の潮流」展を皮切りに、「印象主義者」展（一九〇九）、「三角形」

図3（右）　ピョートル大帝の植物園。桜の咲く五月上旬は花見で賑わう
図4（左）　植物園温室。一角に日本庭園がある

展（一九一〇）、「現代絵画」展（一九一二）、「ニコライ・クリビン」展（一九一二）を主催したほか、モスクワの「ダイヤのジャック」やパリの「秋のサロン」など内外の展覧会に積極的に出品するようになる。

文集の発行もまた思想の実践のひとつだった。クリビンの発行した文集『印象主義者のスタジオ』（一九一〇）にはフレーブニコフの『笑いの呪文』、エヴレイノフのモノドラマ『愛の表象』が収められ、文学の未来派の金字塔となった。

前衛の中でも最も高度で進歩的だったといわれるクリビンの論文はテーゼとなり、ラリオーノフの光線主義《レーヨニズム》やカンディンスキーの抽象、そしてプリミティヴィティズムそのほかにも大きな影響をあたえた。

こうして、医学の知識と経験を持ち、科学と芸術の融合を目指した総合主義者、普遍主義者は、オーガナイザー、パトロン、オピニオンリーダーとして才能を発揮し、ペテルブルク・アヴァンギャルドの旗手のひとりになっていったのである。

クリビンの作品の特徴はどこにあるのだろう。

記念すべき「マチューシンの家」は静かな町外れにある。開基三〇〇年を迎えたピョートル大帝の植物園（牧野富太郎がマクシモーヴィチを頼って留学を

図5（右）　マチューシンの家（ペテルブルク・アヴァンギャルド博物館）裏手
図6（左）　博物館のクリビンのコーナー

考えたコマロフ植物学研究所のこと）も近い（図3）（図4）。
ジャンナさんの個展も二〇一四年に「マチューシンの家」で開かれている。訪れたのは冬のことだった。ここがアヴァンギャルドの拠点だといわれてもにわかに受け入れがたい、立派だが地味な木造二階建ての個人住宅だった（図5）（図6）。しかし裏庭を回ってみて考えが少し変わった。
庭には、葉が落ちて裸になった白樺やライラックの木々の間に、マレーヴィチの作品から切り取った人物がオブジェとして数ヶ所に点在していた。抽象的なオブジェの存在によって樹木のシルエットが異化され、線と化し、背後に建つ家屋の壁が様々に分割された図形に見えたのである。その時、大げさないい方だが、自然が孕む前衛性を垣間見たような気がしたのだった（図7）。
バイオリンとピアノを演奏したクリビンは、マニフェスト「自由な音楽」（一九〇九）で「十二音技法を否定した」といわれ、音楽の領域でも前衛性が指摘されている。

自然の音楽――光、雷、風のざわめき、水のたてる音、鳥たちの歌――は、どんな音を選ぼうと自由だ。ナイチンゲールは、現在の音楽の音符

図7　マチューシンの家裏庭

どおりに啼くばかりでなく、自分に心地よいあらゆる啼き方をする。自由な音楽は、自然の音楽や自然の芸術すべてと同じ自然の法則にしたがう。

自由な音楽の芸術家は、ナイチンゲールと同じく、全音と半音に限定されることはない。1／4音や1／8音もつかい、音を自由に選択して音楽にする。

（相澤正己訳）

クリビンの前衛芸術は、モンドリアンのような幾何学的・無機的な抽象ではなく、宇宙や原初との調和を目指す表現である。

クリビンのマニフェスト「自由な音楽」をいち早く海外で紹介したのが、十二音技法を確立したシェーンベルクと親交のあったカンディンスキーだった。

年刊誌『青騎士』に、「クリビン博士」の「自由な音楽」のドイツ語訳（抄訳）を載せたカンディンスキーは、クリビンと問題意識を共有していると考え、文通を重ねている。

ミュンヘンのカンディンスキーは、クリビンが主催した「現代絵画」展に出品し、ロシアの前衛画家たちに強い関心を示していた。クリビンに宛て、青騎士のメンバーは全員、すなわちヤウレンスキーも、ミュンターも、マルクも、ヴェレーフキンも、「ロシアに惹かれ、ロシアの芸術を身近に感じている」(一九一一年十二月十九日)と書いている。

クリビンもカンディンスキーも、画家としてのスタートが遅く、議論を好み、グループを組織し、論文を公表するというスタイルが似ていた。

だがふたりには、より本質的な共通点があったのである。

クリビンは、主催したグループ名「心理・芸術グループ」にもあらわれているように、心理的な抽象画を描く画家だった。グループを象徴する図形「三角形」も聖三位一体に基づく調和のシンボルだった。クリビンによれば、芸術は、「意識・感情・自由」の三つの位格からなる不可分の一体だという。

同様に、バイオモルフィックといわれる、微生物が浮揚しているような、独特なスタイルに至るカンディンスキーも、三角形に心理的・宗教的な意味を込めていた。遠山一行氏は、晩年のカンディンスキーの作品を「新しいイコン」と評している。

カンディンスキーの作品には、聖像画イコンとともにルボーク(イコンが世俗化した素朴な民衆版画)も大きな影響を与えているが、カンディンスキーがクリビンに、「できるだけ古くてプリミティヴな『最後の審判』のルボークを手に入れることが僕の長年の夢なのです、アプラークシン・ドヴォールに立ち寄ることがあったら探してみてください」(一九一一年十二月十二日)と手紙で頼むと、クリビンはすぐにカンディンスキーが望んだルボークを探し出してミュンヘンに送っている。

カンディンスキーにもクリビンにも『最後の審判』をテーマにした習作があり（図8）、カンディンスキーの『芸術における精神的なもの』を、クリビンは全ロシア芸術大会（一九一一）で二日にわたって代読している。

ふたりの間に、芸術の理念や手法に関わる共通した問題意識があったと考えざるを得ないだろう。さらに、かれらは「不協和音、コントラスト、解決不能の矛盾素を内包する調和、この新たな調和の特徴をいかに定義するか」という理論上の問題も共有していたと指摘する向きもある（D・サラビヤーノフ）。

もしかしたらクリビンという人は、「未来派」という枠に収まらない大思想家だったのかもしれない。たとえばクリビンの講演題目「人間の歴史に関する太陽と地質学の年代記」や「時空間の廃絶。四、六あるいは七次元」は、地球化学のヴェルナツキーや宇宙飛行理論のツィオルコフスキーの著作や発見を彷彿させるとの指摘すらあるほどだ。

未来派は、一九〇九年にイタリアとロシアで同時に発生した前衛芸術運動だとされている。その起源については諸説ある。

マリネッティのマニフェスト「未来派宣言」が「フィガロ」紙に載る前に、クリビンは「生の基礎としての自由芸術」という講演を行っているが、クリビンにはどちらが先かといった問題はどうでもよかったようだ。

図8　クリビンのコンポジション『最後の審判』のための習作

一九一四年、クリビンは心酔していたイタリア未来派のマリネッティをロシアに招いた。

しかしロシア未来派のなかにはマリネッティに不満を抱く者もいた。エピゴーネン扱いされているような気がして面白くなかったのである。

マリネッティのペテルブルク講演の際に起きた、クリビンと詩人フレーブニコフとの一件はよく知られている。

マリネッティの登壇と同時に会場にあらわれたフレーブニコフが、マリネッティに批判的なビラを配りはじめた。するとクリビンはすぐさまビラを奪い取り、一喝するとフレーブニコフを退場させたのだった。

そのときフレーブニコフは怒りにまかせてクリビンに決闘を申し込んだ。

クリビンのほうは歯牙にもかけていなかったようだ。その後兵士として前線に送られたフレーブニコフが精神的苦痛に耐えられなくなり、手紙で軍医クリビンに助けを乞うとクリビンはすぐにそれに応えている。

クリビンはフレーブニコフのほかにもエセーニンやカメンスキーなど多くの若い芸術家を救った。

もちろん芸術家に限ったことではなく、分け隔てなく弱者に救いの手を差し伸べる人だったことは、貧しい病人を無料で診察・治療していたことなど多くのエピソードが証言している。

ガガさんによると、二月革命を歓迎したクリビンは、略奪、暴行など革命直後の混乱を収めるために若い芸術家仲間と民警を組織したそうだ。だが革命の三日後、クリビンは胃潰瘍でこの世を去

図9（右）　キャバレー「野良犬」の幕のための習作
図10（左）　クリビンの描いたフレーブニコフの肖像画（アフマートワ博物館）

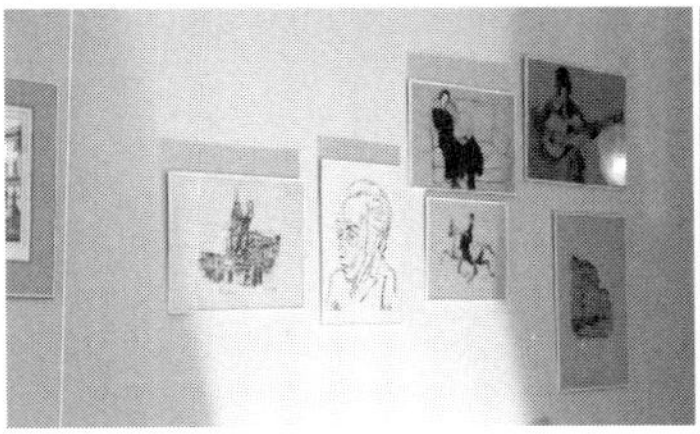

ってしまう。

追善供養には貧しい人々がたくさん集い、死後、机の中からクリビンに感謝する手紙が何通も見つかったという。

収入をすべて芸術および弱者、貧者のために使ったクリビンを「気狂い医者」と呼び嘲笑した者もいたが、クリビンは、紛れもないロシア・インテリゲンツィアの鑑だったといえるだろう。

クリビンの作品には、『ライラック』（一九一〇）、『フェオドーシヤ』（一九一二）、『仮面』（一九一二）、『海景』（一九一六〜一七）、『画家』（一九一六）のほか、フレーブニコフやクルチョーヌィフの肖像画がある。正規の絵画教育は受けていなかったものの独特の色彩感覚に恵まれたクリビンの作品は、同時代のどの傾向にも収まらないといわれる（図9）。

そういえばガガさんの作品を評した横尾忠則氏も、ガガさんの絵はどのジャンルにも分類しにくいといっていた。面倒見が良く、周囲に人が集まったこともふたりの共通点かもしれない。

クリビンとマリネッティの出会いから九十年後、孫同士が会っている。

クリビンとマリネッティが会ったのは、ペテルブルクのキャバレー「野良犬」だった。マリネッティの母方の孫で、詩人のレオナルド・クレリチとガガさんは、パリの「ブッダ・バール」（レストラン「ほとけ」）で対面したという。

クリビンの作品は、ペテルブルク・アヴァンギャルド博物館（マチューシンの家）のほかアフマートワ博物館でも見ることができる（図10）。

図1　科学アカデミー文学研究所「プーシキンの家」。2階に博物館がある
図2　サハロフ広場と12官庁（現ペテルブルク大学学舎）

6　ガガさんの誕生日

十二月二日、ガガさんが八十一回目のお誕生日を迎えた。

僕はジャンナさんに頼まれて寿司を用意してゆくことになった。（なんと注文を受けるまでに腕を上げたのである！）

お米は四合炊き、玉子焼きの太巻きを三本とツナの太巻きを二本、それにニシンの押し寿司を一本持参した。

お宅に伺い、ガガさんにお祝いを述べると、お前の父親は元気かと聞かれたので、「もうすぐ九十歳になります、一時歩けなくなりましたがリハビリの甲斐あって元気に散歩するまでに回復しました。母親ともどもいつまでも元気で長生きしてもらいたいものです」と応えた。すると「そうか、そうか」と笑顔のガガさん。

図3（右）　ゴーゴリは歴史を担当していた
図4（左）　人形博物館。ヴェルテプやペトルーシカの展示もある

すでにギャラリーのオーナーご夫妻が小学生のお嬢さんとご家族でお祝いに来ていた。料理好きの奥様は寿司のことをいろいろ聞いてくれ、つぎつぎとつまんでくれた。

ご家族はワシーリィ島にお住まいだという。

ネヴァ川を大ネヴァと小ネヴァに分断するワシーリィ島は、ペトロパーヴロフスク要塞から広がるペトログラーツキィ島とともに最初期に開発された地区のひとつである。

ピョートル大帝の時代に十二官庁（現サンクト・ペテルブルク大学学舎）、クンストカーメラが起工され、メンシコフ宮殿、さらに五百世帯の住居が建設された。

そのほか、ロストラの燈台柱やスフィンクス像など、ガイドブックに名を連ねる観光名所も少なくないし、科学アカデミー・ロシア文学研究所（プーシキンの家）（図1）、サハロフ広場（図2）、「ターニャの日記」のターニャ・サヴィチェワの家、ペテルブルク大学人文学部構内にあるゴーゴリの鼻のモニュメント（図3）、交通博物館、人形博物館（図4）、「地球は青かった」（ガガーリン）の青で有名なレーリヒとその一族の家博物館など見所がたくさんある（図5）（図6）。

図5（右）　レーリヒ像
図6（左）　レーリヒ一族の家博物館

ピョートル大帝の時代に開発された地区は、ボリショイ（大）・スレードニイ（中）・マールィ（小）の三本の大通り《プロスペクト》と十四本の通りが直角に交差して整然と区画割りされている。

通りは両端をリニヤ（通りの片側）と呼び、番号が充てられている。かつて運河から見て河岸通りを識別したためである。運河が埋め立てられて道路になってからもリニヤはそのまま継承されている。

そのひとつ、地下鉄ワシーリィ島駅のある「第六リニヤ・第七リニヤ」通りは、スレードニィ大通りとボリショイ大通りに挟まれた部分が、中央に細い並木道が走るプロムナードになっていて、カフェも多く、休日にはたくさんの人で賑わいを見せる。

立ち止まって路上ミュージシャンの演奏に耳を傾ける人もいれば、マリオネットの芝居を囲む人もいる。親子連れ、友達同士、恋人達がそぞろ歩きしている。ベンチで談笑する人たちもいる。

散策のポイントも多い。

地下鉄駅前には一八七〇年代に実際に走っていた馬車鉄道の実物大の正確な模型（図7）があるほか、ソビエト時代の支払い方式（レジから売り場に戻ってレシートと品物を交換してもらう）がまだ楽しめる「子リス」という人気の菓子店、島の名前の由来となった砲手ワシーリィの記念像（図8）、ピンクとグレーの配色がシックなアンドレーエフスキィ聖堂（聖第一使徒アンドレイ聖堂）（図9）（ここにはペテルブルクの聖クセーニャのイコンがある（図10））などがある。様式はバロックと古典主義の折衷である。

アンドレーエフスキィ聖堂まで行けば、ボリショイ大通り《プロスペクト》を渡るとアンドレーエフスキィ・ドヴォール、ワシーリィ島市場、そして「グリフィンの塔」と呼ばれる高さ十一メートルの塔が中庭にある「医師ペーリとその息子たちの薬局」がある（図11）。

ただそのあたりまでくると、市場があるわりに賑わいがなくなる。

活気があるのはやはり地下鉄駅前である。

マクドナルドに大きな花屋があり、パンやお菓子、魚の干物を扱う移動販売車がいつも数台止まっている。

図7　馬車鉄道模型
図8　砲手ワシーリィの記念像
図9　アンドレーエフスキィ聖堂
図10　クセーニャのイコン(左)

季節の行商人もやってくる。

秋になると塩漬けニシンの樽がお目見えする（図12）。樽の前に並んでいた婦人が、「うちはジャガイモと一緒に食べるの。ここの味は最高よ。買ってみるといいわ」と勧めてくれたので一本ためしてみた。まったくその通りだった。塩辛くなくとろけるようで醤油を垂らすとまるで刺身のようだった（図13）。

樽ニシンのほかにも、自家菜園で採れたアントーノフカ（ロシアの紅玉）やキノコをバケツで売りに来る行商人を見かけた。

三月八日の国際婦人デーにはミモザの花束を並べた露店がそこここに店開きするし、年末には屋台が軒を連ねるクリスマス・マーケットがオープンする。

図11　ペーリ薬局（左）とソログープ第1の家
図12　樽売りニシン
図13　樽売りの塩漬けニシン
図14　スモレンスク墓地正面入口

僕は、コロムナの学生下宿からワシーリィ島のアパートに越していたのでご夫妻にお勧めの場所を聞いてみた。

主な名所には足を運んだというと、まず名前があがったのがスモレンスク墓地だった（図14）。ガガさんも佯狂女聖クセーニャの小礼拝堂は一見の価値があるという（図15）。

スモレンスク墓地には、詩人アレクサンドル・ブロークの命日のエクスカーションで一度訪れていた。墓地は巨大な公園のようで、プーシキンの乳母アリーナ・ロヂオーノヴナの墓もある。

図15　佯狂女聖クセーニャの小礼拝堂

ペテルブルクの聖クセーニャというのは、ペテルブルクの守護聖人のひとりで、小礼拝堂で願い事をするとクセーニャが叶えてくれると信じられている。

クセーニャが生まれた年ははっきりしない。言いつたえによれば、十八世紀前半だという。裕福な貴族の家に生まれたクセーニャは、陸軍大佐に嫁いだが、ある日愛する夫が頓死して二十六歳の若さで寡婦になってしまう。ショックを受けたクセーニャは、私財をすべてなげうつと、男装して夫の名を名乗り、死んだのはクセーニャだといいながら昼は町を徘徊し、夜は野辺で祈りをあげた。四十五年間狂女のふりをしたクセーニャは、人々に幸運をもたらすユロージワヤ（神がかり、瘋癲行者）と見なされるようになった。彼女が訪れた店は終日繁盛し、親切で彼女を馬車に乗せた御者は、客に殴られることなくその日の仕事を終えられたという。

図16（右）　厩舎が併設された美術アカデミー公園内のアトリエ
図17（左）　アーニチコフ橋の『馬を宥める』

聖クセーニャの小礼拝堂は、一九〇二年に、彼女の墓の上に建てられた。

次に勧めてくれた場所は、ガガさんの母校であるレーピン名称美術アカデミーだった。

アカデミーはアパートが近かったこともあって、すでに何度か訪れていた。エカチェリーナ女帝の座像を頂く美術アカデミーの前には本物のスフィンクス像があり、真冬でも観光バスが止まっていることがある。だが、シュミット大尉通りを渡ってアカデミーを訪れる観光客はそういない。アカデミーの一階にはギャラリーのほか、画集を中心に古書も扱う書店がある。

そこで一九五六年にチェコで出版された、北斎の浮世絵集を見つけた。本体は和綴じで外箱も凝っており、綴じ紐には象牙を思わせる爪までついていた。さすがチェコの装本である。

アカデミーの裏手は公園になっていて硝子張りの建物がある。最初は温室かと思ったが、厩舎付のアトリエだった（図16）。馬が数頭いたのは彫刻家クロットが出た学府だからだろう。クロットは、フォンタンカ川のアーニチコフ橋を飾る四体の彫像『馬を宥める』の作者で（図17）、公園の一角には記念像もある（図18）。

クロットの記念像から「ターニャの日記」のターニャ・サヴィチェワの家

は目と鼻の先だ（図19）。

「この家でターニャ・サヴィチェワが包囲戦の日記を書いた」と書かれた記念碑には献花が絶えない（日記自体は川向こうの英国堤防に建つルミャンツェフ邸（歴史博物館分館）に展示されている）。

そのほかご夫妻とガガさんは、現代美術館エラルタ（図20）や構成主義建築の文化会館、レンガ作りの古い消防署（図21）、鉱山大学の博物館（図22）、海軍大学のクルーゼンシテルン像（図23）、レーリヒ一族博物館、生神女就寝教会《ウスペンスカヤ》（図24）などを教えてくれたが、訪問していなかったのは事前連絡を必要とする鉱山大学の博物館だけだった。

お勧めの名所の中でもネヴァ川に面して建つ生神女《しょうじんじょ》（聖母マリアのこと）就寝教会は、売店のパンが種類豊富で、しばしば足を運んでいた。

生神女就寝教会が建つ場所には、古くからパドヴォーリェ（修道院が市内に所有する宿泊施設付き教

図18　クロット記念像
図19　ターニャの家
図20　現代美術館エラルタ
図21　消防署
図22　鉱山大学正門

会）が建てられ、一時はモスクワのトロイッツェ・セルギエフ修道院が所有していたこともあった。現在の教会は十九世紀末に建築家カシヤコーフによって建てられ、キエフ・ペチェルスキー大修道《ラーヴ》院《ラ》の所有になっている。

ワシーリィ島にはもうひとつ、すでに触れたが同じカシヤコーフの設計による執り成しの生神女教会もある。あの「血の日曜日事件」のガポンが務めていた教会である。カシヤコーフの設計による聖堂は、どれも美しいネオ・ビザンツ様式のドームが目を惹く。

今度は僕の方からガガさんとご夫婦に、医師ペーリの薬局を知っているかと聞いてみた。するとご存じなかったので教えてあげた（図25）。

ペーリは、すでに博物館化がはじまっている現役の薬局である。

ペーリで売る薬は高いので、薬を買いに来る客はめったにいない。

図23　クルーゼンシテルン提督記念像
図24　生神女就寝教会
図25　ペーリの薬局店内写真
図26　ソログープ第2の家
図27　ソログープ第3の家

図28（右） トゥーチコフ橋。ワシーリィ島とペトログラツキー島を結ぶ
図29（左） ソログープ第4の家

そのかわり、店内のレトロな調度や、薬用動物の剥製、薬を砕く乳鉢や薬《や》研《げん》、薬の重さを量る様々な秤など、今では珍しい機具道具類を目当てに足を運ぶ人たちがいる。

また、中庭には「グリフィンの塔」と呼ばれる、ナンバリングされたレンガを積み上げて造った高さ十一メートルの謎の塔がある。

いまのところ店内の写真撮影料しかとられないが、いずれ入館料をとられる日も遠くはないだろう。

ご夫婦は興味を示し、今度行ってみるという。

調子に乗った僕は、ペーリの隣にある幼稚園は、前期象徴派の詩人ソログープが上京して教員生活をはじめた家だ、と修士論文で取りあげたフョードル・ソログープとワシーリィ島のことを話しはじめた。

小説『小悪魔』の成功で売れっ子作家になったソログープは、妻アナスターシヤ・チボタリョフスカヤのすすめでフォンタンカ川の外、ラズイェズジャヤ通りにある大きな賃貸住宅に引っ越した（図26）。新居は一時、「銀の時代」の詩人たちが集まるサロンになったが、ワシーリィ島が好きだったソログープはまた島に戻ってくる。

三番目の家は第十リニヤとボリショイ大通り《プロスペクト》が交差する角の建物だった

図30（右）　ソログープ夫妻の墓。スモレンスク墓地
図31（左）　祝いのスピーチが続く

（図27）。

一九二一年、退廃的で反革命的な詩を書いていたソログープは亡命を希望する。一度は出国が認められたものの、結局却下されてしまう。不安が募り、ノイローゼになった妻アナスターシヤが、トゥーチコフ橋（図28）から小ネヴァに身を投げる。なかなか遺体があがらなかった。

ソログープは橋の袂の住宅に引っ越して毎日のように川を訪れた（図29）。半年経った三月のある日のこと、変わり果てた妻の遺体が住宅の前の岸辺に打ち上げられた。夫婦の墓はスモレンスク墓地にある（図30）。

きっと、ロシアでもマイナーな詩人の話など面白くもなかったのだろう、ご家族はほどなくして帰宅した。

こうしてワシーリィ島の見所について話をしている間も、例によってスカイプが入り、携帯電話、固定電話がひっきりなしに鳴る。お誕生日のお祝いということでふだんにも増してガガさんの書斎は慌ただしい。

ご家族が帰ると入れ替わりにギャラリー「マティス・クラブ」の画家仲間が四人あらわれた。ガガさんは、スカイプが入るたびにその場にいるみんなを紹介するので客間の会話はしばしば中断するが、どうやら皆さん慣れっこのようだった。

つぎつぎと来客があったが、ジャンナさんの手料理もあって、お寿司は適量だった。「賞賛に値する」というお世辞を拍手とともに頂いた。皆さんとても優しい方々ばかりであった。

お祝い事など、ロシアのお酒の集まりには修辞学の伝統が生きている。

ガガさんのお誕生日の宴でもワイン・グラス片手に誰からともなく、「では、ひとこと」がはじまった（図31）。

メッセージはこれからも元気で長生きして、ますます良い作品を描いてください、といたってシンプルなのだが、ガガさんとの個人的な思い出話などが紹介されたり、アネクドート（小咄）が入ったりするのでおのずと長めの「ひとこと」になる。終わるとグラスをチーンと鳴らして乾杯となる。

やっと「ひとこと」が終わった、これで飲める。お酒を目の前にしてお預け状態だったものだからグッと流し込んでしまう。これは酔う。ウォッカだったらどうなっていたことだろう。

修辞学の伝統というよりは、ウラジーミル聖公の御代にはじまる「はじめに酒ありき」の文化を実感した次第である。聖公は、わがルーシの民は酒なしには生きている甲斐がないといって、ギリシア正教を受容したのだった。

宴はまだまだ続きそうだったが、ガガさんがお疲れの様子だったので早めに辞した。

奥様のジャンナさんが見送りの際に右頬を差し出してくれたが、勝手がわからぬままこちらの右頬を合わせて別れの挨拶とした。

7　ユーモラスな話の玉手箱

ガガ家は、エカチェリーナ宮殿のあるプーシキン（皇帝村ツァールスコエ・セロー）にアトリエを持っている。

ジャンナさんに、しばらく行っていないので見に行きたい、その間ガガさんと一緒にいてほしいと電話で頼まれた。心臓も弱っているし、ひとりにはできない。プーシキンは、ガガさんのお宅からだとバス、地下鉄、マルシルートカ（大型乗合タクシー）を乗り継いで片道一時間はかかる。ジャンナさんこそ眼が片方不自由なので心配である。

お宅に伺うと、玄関ドアを開けてくれたジャンナさんに、その辺でガーガチカを見かけなかったかと聞かれた。散歩に出たきりなかなかもどらないのだという。

探しに行くと、スクヴァズニークを出たところですぐにガガさんと会えた。ガガさんは杖をつきながら、重たい足取りで雪道を一歩一歩踏みしめるように歩いていた。階段も、一段のぼってはひと休みといった具合だった。心臓にも負担なのだろう。それでも「膝を治してまた日本に行くぞ」と気概を見せるので、「必ず来て下さい、みなさん待っています」と応えた。

お家に入ると、さっそくジャンナさんが「お腹がすいているでしょう、さあ食べなさい」と軽い食事を用意してくれた。

グリーンピースのいっぱい入った美味しいオリビエ・サラダ、それにガガさんが「兵士シュヴェイクの好物だ」と教えてくれた、ソーセージとジャガイモとタマネギのソテーだ。

アリョーシャさんと年が近いので息子を相手にしているみたいだといってくれる。もういい年なんだがなあ、と思いつつ、サラダもソテーも美味しくてナイフとフォークの動きはとまらない。「アトリエのあるプーシキンはいいところだから行きましょうね」とジャンナさんが誘ってくれた。「空気もきれいだし、キノコもとれるのよ」

キノコといえばプーシキンに「黄金の秋」を見に行ったとき、郊外電車の駅の裏手に青空市が立っていて、いろいろなキノコを売っていたことを思い出した。

ジャンナさんがキノコの話をはじめたので、日本には松茸という、一キロ十万円ほどもする恐ろしく高いキノコがあるという話をした。まるでトリュフねというので、値段ではトリュフにかなわないが、香りは負けないくらいすばらしいと、昔ごちそうになった丹波の山の松茸の話をした。

するとガガさんが、「ペテルブルクは、山や森に行かなくてもいい香りのキノコが採れるんだ、この家だってトリュフに似たトゥーフリ（スリッパ）が採れる」、とまたダジャレが飛んだ。

生真面目なジャンナさんもさすがにこれには笑みがこぼれた。

でもすぐに、最近の教育はなっていない、近頃の若者は作家オレーシャの名前すら知らないので話もできない。知っている世代はつぎつぎと物故し、あの時代の文化遺産はいったいどうなることやらと嘆きだした。「レニングラードには今のペテルブルクよりもっとたくさんのものがあったわ。人も違っていた。もっと善良で明るくて愛想もよかった。レニングラード文化みたいなものがあったのよ」

ガガさんが横から、「ジャンナ、そろそろ行かないと帰りが遅くなるよ」と心配して口をはさむ。「まってこの話をしてからいくから」と今度はレーニンがボリシェビキに批判的な知識人を海外に追放した「哲学の船」の話がはじまった。

ネップ（新経済政策）開始期にレーニンの発案で、ソビエト政権に反対する知識人たちが二隻の汽船に乗せられ、強制的に国外追放された。

人文系の学者・教育者を中心に、農学者、経済学者、政治活動家、それに学生を含む二百人以上が、「銃殺を免れ、人道的に追放された」のだそうだ。ニコライ・ベルジャーエフ、セルゲイ・ブルガーコフ、ニコライ・ロスキー、セミョーン・フランク、セルゲイ・トルベツコイなどなど錚錚たる顔ぶれである。

流出した頭脳は移住先で大学、研究所など高等教育機関をつぎつぎと設立した。ジャンナさんの話に力が入るのも宜《むべ》なるかな、である。

汽船は、ペトログラードとポーランドのシュチェチン間を往復していた定期船が利用された。出帆した場所には碑が立っている。場所は、『罪と罰』のラスコーリニコフが、商家の婦人に施された二〇カペイカを、エイとばかりにネヴァ川に投じたニコラエフスキー橋（現ブラゴヴェシチェンスキー橋あるいはシュミット大尉橋）の袂で、サンクト・ペテルブルク大学付属語学学校の正面である（図1）。

ジャンナさんは話を続けながら席を立ち、お菓子を出してきて「美味しいわよ、お茶はいる?」とすすめてくれる。

ジャンナさんの話が一段落すると今度はガガさんが、こんなのみつけたよと、昔の新聞記事を読み上げはじめた。

ロシアの年忘れには欠かせない映画『運命の皮肉』のリャザーノフ監督の思い出話だ。

リャザーノフ監督がガガさんとペトロパーヴロフスク要塞を散歩していたときのことだった。知り合いの俳優とばったり出会い、皆でアストリア・ホテルで一杯やろうということになった。

アストリア・ホテルは、イサーク聖堂のあるイサーク広場に面し、ヒトラーが包囲戦の戦勝記念祝賀会の会場に予定していた、といわれる老舗の高級ホテルである（図2）。

ホテルに着くと美女がふたりいて一曲踊りましょうということになった。顔が売れていた俳優はすぐにパートナーが決まった。記事には、もうひとりの美人は自分ではなく、ガガさんを選んだと書いてあった。

図1（右） 哲学の船の記念碑。背景がブラゴヴェシチェンスキー橋
図2（左） アストリアホテル

ガガさんによると、ハリウッド・スターのユル・ブリンナーに似ているので誘われたのだそうだ。

ユル・ブリンナーといえば『王様と私』だが、母親がロシア人でハリウッド版『カラマーゾフの兄弟』ではドミートリィを演じた名優である。ドングリ眼にスキンヘッドは一度見たら忘れられない。

ガガさんは、ほら同じだろうとにこにこしながらつるつるの頭に手をやる。もてたのはもちろんスキンヘッドのおかげだけではない。若い頃の写真を見るとガガさんも負けず劣らずのナイス・ガイだ。八十を過ぎても笑うとちょっとロバート・デニーロを思わせる時があった。

ガガさんは、話題の引き出しが多いだけでなく、自分を笑いのネタにして場を和ませる度量がきっと大きな話の玉手箱を思わせるのだろう。

何の値段だったか忘れたが、ドルをルーブルに換算していたときのことだった。ガガさんは子供の頃から数字が苦手で算数の成績はずっと下だったそうだ。それなのに「数学教師」というあだ名をつけられたことがあるんだと面白い話をしてくれた。

その話は、学生の頃に一週間ほど臭い飯を食べるはめになった理不尽な出来事からはじまった。

美術アカデミーのゼミの飲み会で、会場だったレストランにドラムスが備えてあった。ガガさんはほんのちょっと触れただけだった。すると、どこからともなくＫＧＢ（ソビエト時代の秘密警察）が寄ってきてフリガン（乱暴者）扱いされたのだという。「人民の敵の子」で「未来派の祖父」をもつガガさんは、常日頃からマークされていたのである。

ガガさんは面白くなかった。その時、ＫＧＢが自分の眼鏡をくるくる回しているのに気がつき、ガガさんの脳裏にふとある話が浮かんだ。ロシアのイソップといわれるクルイロフの『尾長ザルと眼鏡』である。

『尾長ザルと眼鏡』は、人間が、目が悪くなったら眼鏡をかければいいさ、といったのを聞いた尾長ザルが、眼鏡を半ダースも買い込んだものの、とうとうかけ方が分からず腹立ちまぎれに眼鏡を全部壊してしまう話である。

ガガさんは、宝の持ち腐れを笑う教訓話を譬えにして、ドラムスは楽器だ、鳴らすものだといいたくなった。そこで、「あなた、知っていますか」とはじめてしまったのである。

件のＫＧＢは烈火のごとく怒りだした。クルイロフが検閲の目を欺くための寓意（「イソップのことば」）を連想させたのか、ガガさんは、器物を破損したうえに検閲で禁止されている言葉を使用した廉で、反社会分子のレッテルを貼られ豚箱に送りになってしまった。

話はここからである。

エルミタージュ美術館の真向かいに建つ参謀本部に、その当時留置所があった。

季節は冬で、よく雪の降る年だった。

毎日のように雪除けの応援にかり出された囚人ガガさんは、やはり除雪作業に当たっていた参謀本部付属警察学校の学生たちから「数学」というあだ名で呼ばれるようになったという。

もちろん僕は「またどうしてですか」ときいた。

ある学生に「仕事は？」ときかれたガガさんは、「学生さ」と応えた。「どこの？」とまたきくので「美術アカデミーだよ」と返した。さらに専門は何だと質問するので冗談半分に「数学」といったのだそうだ。

だが相手はまったく表情を変えなかった。

後でわかったことだが、警察学校の学生たちはほとんどが山出しで、美術アカデミーといわれてもぴんとこなかったのである。

それ以来ガガさんは「数学」になったのである。

ところがある日のこと、いつものように除雪作業をしていると、「数学、数学」といいながら学生が近づいてきた。教えてほしいと本当に数学の問題を持ってきたのである。

これにはガガさんも青くなった。

しかしそこはガガさんである。

努めて落ち着きはらって問題を一瞥すると、実に嘆かわしいという表情を浮かべ、じっと相手を見つめた。そして教え諭すようにこういったのだそうだ。「いいかい君、これはね、基礎のまた基礎の問題だ。これが解らないのは、恥ずべきことだよ」

するとその学生は真っ赤になってその場を足早に立ち去ったそうだ。

「北のユル・ブリンナー」がお腹を抱えて笑う。

その場が和んで暖かくなる笑い声だった。

現在、参謀本部のある建物の一部がエルミタージュ美術館の展示場になっていることもあって、ガガさんにエルミタージュの見所を尋ねてみた。すると即座に「三階のフランス絵画だね」と返ってきた。そしてにっこり笑みを浮かべてつけ加えた。「一階もいいね。スキタイの宝物や古代エジプトのミイラが見られる。それにいつ行ってもがらがらだし」

ガガさんがその昔ジャンナさんといっしょに一階を訪れたときのことだった。ガガさんはミイラの前で係の婦人《ジェーヴシカ》にこう話しかけた。

「埋葬もされず、墓から出されて、見てくれる人もほとんどいない、寂しくないかね、かわいそうに」

するとその婦人はこう返したそうだ。

「とんでもない、世界屈指の美術館に選ばれたのですから、どの展示物も誇りに思っています」


話を戻そう。

リャザーノフ監督の作品に『ロシアにおけるイタリア人の珍事』というコメディがあるのでそれ

を観ようということになった。僕とガガさんがダイニング・キッチンから客間に移動したので、ようやくジャンナさんが出掛けた。

『ロシアにおけるイタリア人の珍事』はテンポの速いドタバタ喜劇だった。

ガガさんは、ミハイル・ロンム監督の『ありふれたファシズム』やタルコフスキー監督の『サクリファイス』などシリアスな映画も好きだったが、コメディも大好きで、ドイツではこれを観ないと年が明けないという、「ディナー・フォー・ワン」というイギリス映画を教えてくれた。

九十歳の誕生日にミス・ソフィーが親友四人をディナーに招待した。ところが四人ともとっくに墓の下である。老執事が、それぞれの物真似をしながら代わりを務めるのだが、乾杯の杯を重ねるうちに正体をなくすほど酔ってしまう話だ。

ふたりでゲラゲラ笑った。

映画を見終わって食事にしようということになり、僕がジャンナさんの代わりにボルシチ、それにキノコとお米の入ったパプリカの肉詰めを暖め、お給仕した。もちろん素面で。

ガガさんは食事の時もずっとジャンナさんのことを心配している。「あっちは気温が低いから道に氷が張っているだろう、ジャンナは以前滑って転んだことがあるんだ」。すると気持ちが届いたのか電話が鳴る。「友達の家に立ち寄るそうだ」。その後もふたりはこまめに電話で連絡を取り合っている。いたわり、絆、思いやり。

一心同体なのだ。

夕食を終えると「いい映画があるぞ」と今度は『雲は天国』というコメディを紹介してくれた。「出演している女優さんとニューヨークで会って、うちにも遊びに来たんだ、才能ある女優だ」という。

寂れた小さな田舎町。ひとり者の青年コーリャは、話し相手もなく時間をもてあましている。またいつものように、退屈しのぎに友人のフョードルの家に立ち寄ってみた。フョードルも、また前かといった風で上の空だ。コーリャは出任せに、極東にいる友達を訪ねることにした、この町ともお別れだという。

それを聞いたフョードルの表情がみるみるかわる。町中がコーリャの英断を褒めたたえ、コーリャを祝福する。ひっこみがつかなくなったコーリャは、たったひとことで家族のように身近な存在になった町のひとびとに見送られ、バスで生まれ故郷をあとにするのだった。

最後にコーリャを見送る恋人が、ガガさんが知り合ったという女優さんだった。

チェーホフの小説のような、またジャームッシュやヴェンダースのロード・ムービーをちょっと思わせる作品だった。

ジャンナさんがプーシキンから帰宅した。八時を回っていた。

プーシキンはやはり市内よりも寒かったそうだ。エレベーターなしの五階でちょっと大変だけれど少し暖かくなったら行きましょうと誘ってくれた。

図3（右） エカチェリーナ宮殿の黄金の秋
図4（左） ヴィテブスク駅。ロシア初の鉄道駅

＊

ペテルブルク滞在中に郊外のプーシキンには二度足を運んだ。プーシキンは、かつては衛星都市的な存在だったが、現在はペテルブルク市の行政区画のひとつになっている。

最初に訪問した時は、青の地下鉄二号線の終点クプチノ駅からマルシルートカでプーシキン区内に入り、エカチェリーナ宮殿の周辺で黄金の秋を堪能した（図3）。

晴れ渡った青空を背景に黄色く色づいた楓、バロック様式の宮殿の青と白がとても美しかった。落葉が散り敷かれた森の中をリスが駆け回っていた。

帰りは電車を利用し、終点のヴィテブスク駅まで行った。

ヴィテブスク駅はロシア初の鉄道駅で、ホームの一角にあるガラスのパビリオンには、お召し列車の実物大の模型が展示されている。

アール・ヌーヴォー様式の駅舎は、レトロ・モダンな華やぎに加えて落ち着きと格調がある。ニコライ一世の彫像もあり、ロマノフ王朝時代のロシアを彷彿させる駅である（図4）。

二度目に訪れたのは冬だった。

図5（右）　モスクワ広場。ロシア最大の広場
図6（左）　エジプト門

この時は、ブログでペテルブルクの魅力を発信しているタチヤーナ・ラッパさんが案内してくれた。一般のガイドブックで物足りなくなってきたらブログ「サンクト・ペテルブルク」はおすすめである。

われわれは、巨大なレーニン像があるロシア最大の広場「モスクワ広場」からマルシルートカに乗り（図5）、エジプト門で降りてアレクサンドロフスキー公園を中心に回った（図6）。

まずはペテルブルク国立農業大学の土地利用学部に立ち寄った。農業大学には学舎が六棟、寮が十四棟ある（図7）。

土地利用学部の学舎は、最後の皇帝ニコライ二世の時代の兵舎を現在もそのまま利用している。

ニコライ二世は、社交界を嫌った皇后アレクサンドラがアレクサンドロフスキー宮殿に移り住んでいたので、冬宮との間を行き来していたが、一九〇五年の血の日曜日事件で民衆との確執が明らかになると、以後十二年間アレクサンドロフスキー宮殿を事実上の宮廷にしたのだった。

退位後はアレクサンドロフスキー宮殿に幽閉され、そこからトヴォリスクに連行され銃殺された（図8）。

邑には兵舎のほか、フョードロフスキー大聖堂（図9）、宿舎・病院など教

図7（右） 農業大学土地利用学部学舎
図8（左） アレクサンドロフスキー宮殿

会関係者、傷病兵のための複合収容施設（エセーニンが働いていたことがある）、武器関連資料を補完するアルヒーフ（マヤコフスキーのほかソログープもここで詩を読んだことがある）、子供たちの遊び場「白い塔」などが建てられた。

ニコライ二世は、戦争や革命運動など動乱の続く浮き世を離れ、アレクサンドロフスキー邑に、「ルーシ（ロシアの古称）」の時代を彷彿させる、平穏で心安らぐ小さな王国を創りたかったのだという（図10）。自分の息子に、ピョートル大帝の息子アレクセイと同じ名前をつけたのも、アレクセイ・ペトロヴィチが軍事・行政などの改革に関心がなく、信仰に熱中する内向的な人物だったからだといわれている。

ニコライ二世の理想郷の装飾にあったのは、ビリービンやワスネツオフ兄弟、ネステロフなど、昔話や民話、英雄叙事詩を題材にして古き良き、ロシア民衆の詩心を表現した芸術家たちだった。

フョードロフスキー聖堂を見学していたら司教が声をかけてきた。

アレクセイ司教は「大津事件の際に残った血痕が、間接的にニコライ二世一家の特定に繋がった、日本に興味がある」と自らの皇室専用の祈禱所にわれわれを案内してくれた。

図9（右） フョードロフスキー聖堂
図10（左） フョードロフスキー邑

モスクワのクレムリンにあるブラゴヴェーシチェンスキィ聖堂を手本にした聖堂は、一階が兵士と近隣住民用の祈りの場になっていて、地下にニコライ二世一家というかアレクサンドラ皇后専用の祈禱所が設けられていた。古式に則ったロシア様式の造りで、低い天井が覆い被さってくるかのようだった。

ここにあのラスプーチンが立っていたかもしれないなどと想像しながら、アレクセイ司教の飾らない人柄に接しているうちに、出国前に訪れた仙台ハリストス教会のセラフィム辻永大主教のことを思い出していた。

辻永大司教には、教会が所蔵するワルワーラ・ブブノワさんのイコンを見学に行った際に、多忙な中、一時間近くも貴重なお話を頂戴したのだった（図11）。

その時、「ブブノワのイコンがニコライ堂に並んでいた確かな証拠がある」といって一枚の写真を見せてくれた。ニコライ堂で行なわれた結婚式の写真で、新婦は山崎淑子そして新郎はブランコ・ヴケリッチというゾルゲ・グループのメンバーだった。

そんなことを思い出していたら、アレクセイ司教の口からリヒャルト・ゾルゲの名前が飛び出したので吃驚した。ゾルゲの妻には姉妹がいて、司教の

図11（右） ワルワーラ・ブブノワのイコン（仙台ハリストス教会蔵）
図12（左） 数珠

祖母にあたるという。

アレクセイ司教に、何を研究しているのかと尋ねられたので、チェーホフを勉強していると応えると、「そうか、では聞くが、チェーホフに結核菌をうつしたのは誰か知っているか」と尋ねられた。「寡聞にして」というと、「タガンローク時代の例の教師の友人だ」と教えてくれた。チェーホフに「アントーシャ・チェーホンテ」というあだ名をつけた宗教の教師の同僚らしい。

アレクセイ司教は、「このことは秘密だから口外するな」と、同行したみんなの前で釘を刺したのだった。

司教が、記念にこれをといって法衣から取り出したのが数珠だった（図12）。

僕はまた驚いた。

学会の口頭発表用原稿を、チェーホフの『大学生』で準備していたところだったのだが、ちょうど、学生イワンが「いっぽうの端にふれたらもう一方の端に触れたような気がした」あの鎖のことを考えていたところだったからである。

鎖は、単に連綿と続く二千年の時の連なりすなわち永遠の喩えなのか？

調べていたら、胸に下げる十字架の鎖を「二端の鎖」といって、「迷える子羊とイエスが背負った十字架」の象徴だということがちょうどわかったところだったのだ。

その時アレクセイ司教にもらったのは、鎖ではなく数珠だったが、そんなことはたいした問題ではない。

チェーホフの『大学生』は、世の中は良くはならないとペシミスティックになった神学生イワンが、ふたりの寡婦と交わす「ペテロの否み」のエピソードをきっかけに、未来に希望を抱く話である。

この掌篇の背景に教会建物の構造があることは、ザイツェフ『チェーホフのこと』（未知谷）の「訳者あとがき」でも述べたが、イワンの渡河、つまりイコノスタス（聖障と呼ばれるイコンの壁）の王門をくぐる動機の裏付けがまだ足りないと思っていた。

もしイワンが触れる鎖を「二端の鎖」と読めば、「いっぽうの端にふれたらもう一方の端に触れたような気がした」ということは、イワンが十字架を我が身に背負ったことになる。

イワンがその後渡し舟で川を渡るのは、迷いが吹っ切れて司教への道を歩みはじめるからなのだ。船は教会の象徴でペテロは漁師だった。

司教から数珠を渡されたとき、鎖は永遠の比喩であるばかりか、信仰心の回復の証でもあるという解釈にお墨付きをいただいたような気がした。

その時、やや興奮して数珠を手にしながら「鎖だ、二端の鎖だ」と繰り返す僕を見ながら、まわりは、「違う違う、これは数珠です」と困った表情でかわるがわる訂正してくれたのだった。

図13（右）　エカチェリーナ女帝が構想した中国村の入り口
図14（左）　廃屋となりつつあるチャペル

その後われわれは、園内の中国村を回り、今は廃墟になっているチャペルを見てエカチェリーナ宮殿に出た。日はすでに暮れていた（図13）（図14）。

8　芸術の冬と四人組の盗賊

十一月中旬、街角に大きなツリーが姿をあらわした（図1）。十二月に入ると市場でヨールカ（唐檜《とうひ》のツリー）を見かけるようになった（図2）。

『コムソモーリスカヤ・プラウダ』紙によると、ロシアのツリーはその半分以上が輸入品だという。そもそもピョートル大帝がドイツから持ち込んだ習慣なので、輸入ヨールカがむしろ正しいのかもしれないが、広大なパーヴロフスクの自然林を見ていたので少し意外だった。

主な輸入元は、デンマーク、オランダ、アメリカで、カナダ産は特注だそうだ。ステイタス・シンボルになるという。

森の国ロシアのツリーが敬遠される理由は簡単明瞭で「美しくないから」だそうだ。枝が折れていたり、膨らみが足りなかったり、満足できるものが少ないらしい。

これほどツリーの善し悪しにこだわるのも、ツリーが単なる飾りではないからである。

図1（右）　モスクワ門と巨大ツリー
図2（左）　ワシーリィ島市場のヨールカ

ロシア人にとってツリーは、新たな一年の運不運を左右するきわめて重要な縁起物なのである。したがって、いつ、どの方角に立てるのか（年によって異なる）、また願いが成就するには何をどのように飾り付けるのかなど、きわめてデリケートな諸問題と関わっているのである。

近年の流行は「桶のツリー」すなわち鉢植えの生きたツリーである。たしかに、十二月初旬から一月中旬まで一ヶ月以上も美しい状態を保つには、葉物野菜や鮮魚並みの配慮が必要かもしれない。

ヨールカ販売業者のアンドレイさんによると、ご自身の最高値の取引額は七万五千ルーブル（送料別）だったそうだ。およそ二十万円である。しかし上には上がいて、業界の噂では十八万ルーブルというのがあったそうな。

巨大ツリーが地下鉄駅前、宮殿広場（図3）、ゴスチーヌィ・ドヴォール前、カザン聖堂前など、つぎつぎと市内各所に立ちはじめ、電飾が灯るようになるとやはりなんだかそわそわウキウキしてくる。

ロシアの年末年始は、ソビエト崩壊後に入ってきた欧米のクリスマスが定着しはじめ、若い世代は暮れの十二月二十四日もパーティをやるようになった、と何かで読んだが、ペテルブルクではさほど普及しているようには見受けられなかった。

図3（右）　宮殿広場の巨大ツリー
図4（左）　オペラ『ボリス・ゴドゥノフ』

日本のようにクリスマス商戦喧しいわけでもなく、いたって静かなものだった。

ロシア正教のクリスマスは一月七日である。ウキウキ感は大晦日にピークに達してからも今しばらく続く。プレゼントの交換などは元旦が多いときいた。

この時期はまた舞台芸術が活気を帯びる（図4）。ペテルブルクっ子は小さい頃からオペラ、バレエ、芝居、コンサートなどに日常的に親しみ、それらが生活の一部になっている。

劇場では毎夜どこかで何かが必ず上演されていて、市民にとっては仕事の後の大きな楽しみのひとつになっている。けれどもアーティストが海外巡業から戻ってくる冬はやはりふだんとちょっと違う。

ワガノワ・バレエ学校のガラヴィナさんに招かれ、十月大コンサート・ホール（図5）で、現役の生徒たち、活躍中の卒業生たちの見事な演技を観ることができた。

「フローラの目覚め」、「シンデレラ」、「アントニーとクレオパトラ」のハイライトをはじめ、ボリショイ劇場の第一ソリストとして活躍するロブーヒンが、ヴィソツキーの「気難しい馬」（振り付けは岩田守弘氏）を踊り、校長の

図5（右）　10月大コンサート・ホール「オクチャーブリスキィ」

図6（左）　ポポワさん（左）とピアニストのガリーナさん。企画はペテルブルク大学のマリーナ先生（右）

ツェスカリーゼが『牧神の午後への前奏曲』を見せてくれた。

それだけでも大満足だったが、暮れはやはり『くるみ割り人形』である。

一日おいてマリインスキー劇場で『くるみ割り人形』のドレス・リハーサルを観た。

総稽古の舞台は、振付師の太い声が飛ぶ中、足とおでこが接触したり、トレパークの途中でダンサーが外れかかった帽子を舞台袖に放り投げたりと、なかなか貴重な場面がしばしば見られ、これはこれでひじょうに面白かった。

本番の芝居やコンサートは夜の七時頃にはじまるが、総稽古はお昼の上演だったので子供たちがたくさん来ていた。とくに女の子は華やかなドレスに身を包み、いかにもご満悦の様子だった。

鑑賞態度を身につけることも重要である。

上演中におしゃべりをしたり、カメラのフラッシュをたいたりしていると、係の婦人達《ジェーヴシカ》が遠慮なく注意する。一回目は「上演中はだめよ」と優しいが、二回目は「こんどやったら追い出されるよ！」ときつく叱られる。見ている親はいっさい口をはさまない。

その翌日は、ドストエフスキーの『地下室の手記』の「黄色い雪」とはちょうどこんな雪なのではないかと思わせる、雨まじり雪もよいの、気のふさ

図7（右） クリスマスのカトリック聖スタニスラフ教会
図8（左） セルゲイ・スタドレル演奏会（エルミタージュ美術館イタリア絵画の間）

ぐ天気だったが、コロムナの聖スタニスラフ教会で開かれた小さなピアノ・コンサートに誘われた。

コンサートはシマノフスキにはじまり、ショパンのマズルカ、そしてチャイコフスキーの『くるみ割り人形』と続いた。ピアノは小さかったが、スケールの大きい演奏であった。「ドンファン・セレナード」はすばらしかったし、『くるみ割り人形』は前日のマリインスキーの舞台が目の前に浮かぶほどの迫力であった。

進行役を務めたのは女優のイリーナ・ポポワさん。演奏の合間にマズルカの由来を説明したり、詩を朗読したりした。

イリーナさんは詩の朗読が専門の役者さんで、ブロークの命日の詩の夕べ、ツヴェターエワの夕べに続いて朗読を聞くのはこれで三回目だった（図6）。

聖スタニスラフ教会は、一八二五年に建てられた、ポーランド移民のカトリック教会である。ペテルブルクに来てから、がらんとした空間にイコンが並ぶ正教会の教会ばかり見ていたので、パイプオルガンにも、ベンチにも、キリストや聖母像にもとても新鮮な感じを覚えた（図7）。

翌日の夜はエルミタージュ美術館のバイオリン・コンサートに招かれた。イタリア絵画の間で、しかもラファエロの『聖家族』のすぐ近くで聴くパ

図9（右）　マリインスキー劇場
図10（左）　『くるみ割り人形』の「中国の踊り」

ガニーニは夢のようであった。バイオリンはセルゲイ・スタドレル。オイストラフとコーガンのお弟子さんで、かつてチャイコフスキーコンクールでムローヴァと一位を分け合っている（図8）。

その翌日はいよいよ『くるみ割り人形』の本番だった（図9）。

こちらは夜だったがやはり子供の姿が目立ち、総稽古の時と同じように豪華なドレスに身を包んだ女の子も少なくなかった。

舞台の踊りに引き込まれ、つい我を忘れたのだろう、観客席通路で踊りはじめる女の子がいた。微笑ましいなと思って見ていたら、だんだん熱が入ってきて、しまいには母親に半ば押さえ込まれるように無理矢理席に坐らされていた。

舞台の魔法にかかったのである。

本番は衣装もかなり違っていて総稽古と比較できたのもまた面白かった。「中国の踊り」を踊っていたのはふたりとも日本人。大いに拍手喝采ブラボーを浴びていた（図10）。

バレエだコンサートだと夢見心地の日々が続いたが、じつは目の覚める出来事も降りかかってきた。

ソビエト時代に比べるとロシアの治安は随分悪化したといわれる。スリや置き引きに注意を促していないガイドブックはないし、観光名所では「スリに注意」のステッカーをよく見かけた。鉄道駅や観光客がよく利用する市内中心部の地下鉄の駅も危険だといわれている。

総領事館に在留届を提出しに行った折も、ことのほか入念に説かれたのが犯罪に関わることだった。

曰く、日本人はその風貌から容易に外国人とわかり、カモにされる危険が高い。公共交通機関の利用は控えること、人の集まる場所は極力避けること、愛想良く接近してきた相手にはくれぐれも注意すること、万一被害に遭って警察に出向いても無駄、泣き寝入りするしかない等々。身も蓋もないとはこのことである。

治安が改善されたというモスクワから、留学中の学生達が四人遊びに来てそのうちのひとりが緑の三号線のゴスチーヌィ・ドヴォール駅で被害に遭った。うしろから車両に押し込まれ、気がついたら財布を盗まれていたという。

かれはすぐにカードを止めてもらい、宮殿広場にあるインフォメーション・カウンターに行き、被害状況をつたえた。するとその場で書類が作成され、所轄の派出所に出向くよう指示された。被害届はそこですんなり発行されたという。行ってみるものである。

僕は二度襲われた。

最初は、緑の三号線のワシーリィ島駅だった。

十二月半ばのペテルブルクは夕方四時ともなるとすっかり暗くなる。

それは、先述したワガノワ・バレエ学校の発表会に誘われた日のことで、十月大コンサート・ホール入り口で十九時の約束だった。

ポケットにボタンの付いたズボンに履き替え、パスポートその他、携帯を義務づけられている書類はコピーをガンホルダー・タイプのパスポートケースに入れて肌着の上に装着した。

ダウン・ジャケットは首まできっちりボタンをかけ、地下鉄ホームでは、たすきがけにしたショルダー・バッグをお腹の前で押さえていた。

これら日常的な警戒態勢に加え、地下鉄乗車口も視界のきく中央を選ぶようにしていた。もちろんホーム・ドア前で待っている人にも注意した。これは、被害に遭った学生さんの状況を聞いて心がけるようにしたことである。

しかしラッシュ時にはなかなかそうもいかない。

その時はちょうどラッシュと重なってしまった。

ホーム・ドアが開いたので車両に乗り込もうとしたとたん、ラグビー選手のような、雲を突くような大男がふたり、仁王のように目の前に立ちはだかったのである。車内に入ろうにも大男の壁は頑として動かない。

するとダウン・ジャケットの裾から手が侵入し、臀部をまさぐりはじめた。

痴漢ではないようだ。目当ては金品らしい。

ポケットを探す手を握って「オイ」といったら、右手の大男がメガネを落としにかかった。男は「メガネが落ちるぞ、メガネが……」と繰り返し、しきりに意識をそらそうとする。

するとまた別の手が、ジャケットの下から今度は左胸の方に入ってきた。パスポートホルダーのカードが心配になったのでそちらの手を押さえにかかった。

ふつうスリと呼ばれる犯罪者は、こんな風に、被害者とごく至近距離でにらみ合いながら事に及ぶことはないので、この連中は、強盗ないしは追い剥ぎ、盗賊と呼ぶべき犯罪者集団である。

もみあううちにドアが締まりはじめ、車内で壁になっていたふたりはホームに飛び出した。その時強引にショルダーバッグの中身を抜き出したのだろう、バックからカメラが車内に転がり落ちた。僕は前につんのめりつつ、カメラを拾ってバッグにもどした。その間、一身に車内の注目を浴びていた。

坐っていた男性がひとり、「何だどうした、とられたか」と声をかけてくれたが、それにはこたえる余裕もなく息を整えていた。

強奪されたのは、ワガノワのバレエに招待してくれたガラヴィナさんへの贈り物だった。丁寧に包装し、エナメルのように艶のあるビニール袋に入れておいた。

中身は何だったかというと、端正込めて巻いた特製太巻き寿司三本であった。

二度目は帰国間際の三月末、青の二号線のネフスキー大通り駅で、やはり夕方のラッシュ時のことだった。

目の高さに大型のスポーツバックがあらわれ、乗車を阻もうとする。「これは変だ」と直感し、横方向に体を滑らせ事なきを得た。

これは間違いなく、前回僕の寿司に味を占めた連中が、また僕を襲ったのである。


こうしたスクラム強盗には打つ手がない。

こんな話をすると、「北のヴェネツィア」とも「北のパルミラ」ともいわれる美しい街を訪れる気が失せてしまうかもしれないが、一歩日本を出ればさほど珍しいことではないのである。

イタリアでジプシーに襲われた、イギリスでバッグをそっくり盗まれた、パリの地下鉄で鞄をやられたとか、よく耳にすることだ。

モスクワは汚名返上ということで治安が改善されたらしいが、ペテルブルクはまだ対応が十分ではないようである。

外出の際は、貴重品を持ち歩かないに限る。観光ならば、パスポートの必要な部分をコピーし、本体はホテルに預けるなりした方が賢明かもしれない。

手は一度に数本伸びてくる。ジャケットの下からもわさわさと侵入してくる。バッグもチャックは開けられる。小額紙幣あるいは空の財布をポケットに入れておくのも有効かもしれない。

準備と注意を怠らず、街歩きを楽しもう。

追い剥ぎに遭った直後はさすがに落ち込んだが、ワガノワ・バレエ学校のすばらしい演技を観ているうちに不快な気分もしだいに晴れていった。

述べたように、その後続けてマリインスキー劇場の『くるみ割り人形』総稽古、コロムナのカトリック聖スタニスラフ教会のピアノ・コンサート、エルミタージュのバイオリン・コンサート、再びマリインスキーの『くるみ割り人形』本番と、連日の舞台鑑賞で、いつのまにか何が現実なのかよくわからなくなってきた。

この街にはオペラ・バレエの劇場だけで十二ある。ドラマ劇場、人形劇劇場その他を合わせると百を越える劇場があって毎日どこかで何かが上演されている。

一個の日常にたいして百を越える演劇その他の非日常があるのもまた現実であり、虚構に現実が付随しているといえなくもない。そう思うと現実感が希薄になり、追い剥ぎも実は虚構の一部だったのではないかとさえ思えてきた。

あの連中だって戦利品の中身を見て、なんだこの黒くて長いものは？　嘘だろう、とたがいに顔を見合わせたに違いない。

小役人が、新調したての外套を盗まれるゴーゴリの『外套』のリアリティを、身をもって味わった後では、顔から鼻が逃げ出す『鼻』だって結末で著者にいわれるまでもなく、けっして荒唐無稽な作り話で片づけるわけにはいかないのだ、と思えてきたのだった。

図11　コワリョフ少佐の鼻

実際二〇〇二年に、コワリョフ少佐の鼻のプレートが壁から逃げ出し、一年近く行方不明になったあげく、コピーが出来ると金貸し老婆のアリョーナ婆さんの家の近くに戻ってきたではないか（図11）……まことにペテルブルクらしい出来事である。

9　エクスクルシヤ「クロンシュタット探訪」

うれしいことにまた寿司の注文が入った。

ガガさんから電話だ。「ご無沙汰だな、猫のカーチャが寂しがってるぞ」

いつものようにスチームの上で居眠りしていたカーチャが、スチームから転げ落ち、自分でびっくりして部屋を走り回っていたと電話口で笑っている。

ガガ家の猫はみんな長寿である。カーチャは三代目。先代は二十年やっかいになり、大往生したそうだ。カーチャは野良で、ある日ふらっとやってきてはや九年目になるという。もう年だというのに時々地金があらわになり、ガガさんやジャンナさんにも爪を立てることがある。

猫好きの愚息が写真をみながら描いたスケッチを、画像データにしてガガさんとジャンナさんにメール添付で送ったところ、よく似ていると喜んでくれた（図1）。

電話の向こうでジャンナさんの声が聞こえる。「スシ、スシ」。さっそく太巻きを二本作り、お届けにあがった。

その日は、パリ時代の暮らし、ポーランドの旅、スウェーデンの展覧会の様子などを収めたビデオを二時間近く見せてもらった。

ガガさんは、いつでもどこでも、終始ビデオカメラで自分の周囲を撮影している。息子さんやジャンナさんの展覧会場ではもちろんのこと、自分の展覧会でもビデオカメラを回しっぱなし、ファインダーを覗きっぱなしなのである。大学の講演でもカメラを手放さず、聴衆や会場を演壇から撮ることもある。

図1　猫のカーチャ

きいてみると、あとでビデオを見直してそこからフォルムや構成をつかむのだという。

ビデオ映像や写真素材を利用する表現は、いまではメディアアートという領域があるほど当たり前になっているが、ガガさんはずいぶん早くから作品作りにカメラを導入していたそうだ。

ガガさんは、あらゆるものをあらゆるものに描いているが、橋や港、海景など水に関連する作品が多いように思う。黒海沿岸のフェオドシヤやクロンシュタットの海、水兵、海上パトロール、船長、海水浴をする人、ネヴァ川やエラーギン島で日光浴する人など……

はじめて見た街の景色が運河だったことと関係があるのだろうか。

ペテルブルクの見所を尋ねたとき、ガガさんはコロムナとフィルハーモニヤ大ホールともうひとつ、クロンシュタットには是非行くべきだとすすめてくれた。

クロンシュタットにも、ガガさんの家から見えるニコーリスキィ聖堂と同じように、水兵や漁師の守護聖人ニコライ・モルスコイを奉るニコーリスキィ聖堂（奇蹟者聖ニコライ海運聖堂）がある。

ガガさんは、体調がよければ自分が車でプーシキンにもクロンシュタットにも連れて行くのだがといってくれたが、言葉だけでもう十分ありがたい。

*

クロンシュタットには、再びタチヤーナさんが案内してくれた。

「王冠の街」クロンシュタットは、コトリン島に造営された要塞にはじまる。

要塞はバルチック艦隊の軍港となり、クロンシュタット蜂起の舞台となり、独ソ戦の激戦地のひとつとなった。町は、その後自由に立ち入れない軍港・軍事基地の時代が続いたが、一九九六年に外国人にも開放されるようになった。

二〇一一年に洪水対策用の堤防が完成すると、クロンシュタットは市内から車で四十分ほどの身近な場所となった。

この時同行したのは、日本の正教建築で学位を取得したペテルブルク大学のマリカさん、そして翻訳を生業にしているミハイルさんだ。ミハイルさんは、日本語学習雑誌「ТО ДА СЁ《ト・ダ・ショー》」（あれやこれや）発行人でもある。

集合場所は、青の地下鉄二号線チョールナヤ・レーチカ駅。そこからマルシルートカでクロンシュタットに向かう。チョールナヤ・レーチカ（黒い小川）はプーシキンがダンテスと決闘した場所としてその名が知られている（図2）。

われわれのマルシルートカは、堤防脇でキュウリウオの穴釣りをする太公望たちを見て、複合商業施設のある市内中心部に到着した。

マルシルートカを降りると、すぐ目の前にネフスキー大通りのゴスチーヌィ・ドヴォール（百貨店）をそっくりそのまま小さくしたようなドヴォールがあった。プーシキン区内にも同様の施設があったことを思い出し、「ここはプーシキンにちょっと似てるね」というと即座に全員に否定された。ドヴォールは規模こそ違え、デザインはどこも似たり寄ったりなのだそうだ。

図2　プーシキン決闘の地を示すオベリスク

なるほど歩きはじめると、レンガ作りの倉庫など海軍関連施設がつぎつぎと姿を見せはじめ、「こりゃ確かに似てないわい」と納得したのだった。

カール・マルクス通りやレーニン通り、ソユーズ橋がいまだに

図3（右） 願いの木。背景はレンガ倉庫群
図4（左） キュウリウオのモニュメント

健在なのもプーシキンとは違う。

われわれ一行は、「宗教はアヘン」といわれたソビエト時代に、三度の爆破で破壊されるも修復再建されたウラジーミルの生神女聖堂を皮切りに、願い事が叶うといわれる通称「耳の木」に立ち寄り（図3）、「ペテルブルクの誇り」キュウリウオのモニュメント（図4）、ロシアの水準原点になっている橋脚を見た（図5）。一八二四年の大洪水はここでは三・六七メートルを記録している。

人口約四万五千のクロンシュタットは、街のあちこちで海軍都市の顔を見せてくれる。

魚雷や大砲がモニュメントとして並べられ（図6）、砲身がゴミ箱として再利用されていた。

ペテルブルク市内にあるスパソ・プレオブラジェンスキー聖堂（主の変容聖堂）の門扉と塀の砲身をはじめて見たとき、戦勝記念（一八二八～二九の露土戦争）とはいえ妙な感じがしたものだが（図7）、クロンシュタットの大砲のゴミ箱にはなるほどと思った。平時にはこうして平和利用し、有事ともなれば掘り出せばよい。

二〇〇七年、歴史的な大砲が何門も並ぶマカロフ通りに、『第九の波濤』で

図5（右）　ロシアの水準原点
図6（左）　大砲が並ぶマカロフ通り

知られる海洋画家アイワゾフスキーの記念碑がロシアではじめて建立された。画家は、民族的にはフェオドシヤ生まれのアルメニア人だが、ペテルブルク美術アカデミーで学び、クロンシュタットで十点近い作品を残している（図8）（図9）。

海洋画家に敬意を表した後、日ロ友好一五〇周年を記念して建立された記念碑に向かった。碑文にはこうあった。

皇帝ニコライ一世の命により、E・V・プチャーチン海軍中将は、一八五二年十月、クロンシュタット港を出港したフリゲート艦「パラーダ」号で、一八五三年八月、長崎港に到着した。一八五四年十二月、E・Vプチャーチンは、フリゲート艦「ディアナ」号で下田港に到着した。プチャーチン海軍中将と筒井政憲、川路聖謨両全権との間で行われた交渉の結果、一八五五年二月、下田において、日露関係発展の始まりとなった「日露通好条約」が調印された。下田港に停泊中、「ディアナ」号は、津波の被害を受け大破し、駿河湾で沈没した。船員は、宮島村等の住民によって、全員救助された。日本人とロシア人の船員の協力によって、戸田港でスクーナー船「ヘダ号」が建造された。一八五五年「ディアナ」

図7（右）　スパソ・プレオブラジェンスキー教会の門扉
図8（左）　アイワゾフスキー『第九の波濤』

号の乗組員はロシアに帰国した。日露友好関係樹立一五〇周年を記念して、この記念碑が建立された。

プチャーチンはここクロンシュタットから日本に向け出帆し、見事大事を成し遂げたのだった。下田で津波に遭ってディアナ号を失うも、自前で船を新造して無事帰還。江戸時代のことである。想像すると気が遠くなってきた。そういえば、「オブローモフ主義」という怠け者の代名詞をうんだ作家ゴンチャロフが、プチャーチンの秘書としてパラーダ号に同乗していたのだった。

長篇『オブローモフ』の主人公オブローモフは三十歳の若い地主貴族。子供の頃から何不自由なく大切に育てられたために何をする気にもならず、日がな一日ベッドに横になり、領地のあがりで「食っちゃ寝」の生活を続けている。

活動的な友人が、見かねて前向きな女性をかれに紹介する。オブローモフは彼女と恋に落ちて立ち直りかけるが、領地管理の仕事など結婚準備のための煩わしい問題が持ち上がったとたん、子連れの未亡人のもとに転がり込んで楽な道を選んでしまう。でくでくと太ったオブローモフは脳卒中で短い生涯

図9（右）　海洋画家アイワゾフスキー記念碑
図10（左）　ピョートル大帝のドック。大砲を転用したゴミ箱

を閉じる。

この長篇は、副作用のない睡眠導入剤として抜群の効き目を発揮する不朽の名作だが、仰臥側臥伏臥を繰り返しながら食べ続ける主人公の創造は、果てしなき船旅の最中にアイデアが閃いたのではないだろうか……。

記念碑の前でそれぞれがそれぞれの感慨に浸った後、ピョートル大帝時代のドックを見学し（図10）、防波堤の突端にある灯台まで歩いた。

軍用艦が停泊し、大きな船が航行していた。黒いコート姿の水兵がいる。ガガさんの絵で見た風景だ。

灯台から引き返し、日本海海戦の戦没者慰霊碑の前に佇んだ。

甲板の一部で作られた碑には漢字で「三笠」と刻まれていた。タチヤーナさんが即座に「東郷の船ですね」と指摘し、太平洋艦隊司令長官マカロフの話をはじめた。

日露戦争の英雄であり海洋学者でもあったマカロフは石川啄木の詩にもうたわれた名将である。

君を憶へば、身はこれ敵国の
東海遠き日本の一詩人、

図11（右）『戦争の結末』
図12（左）『船遊び』

敵乍《なが》らに、苦しき声あげて
高く叫ぶよ、（鬼神も跪《ひざま》づけ、
敵も味方も汝《な》が矛地に伏せて、
マカロフが名に暫しは鎮まれよ。）
ああ偉いなる敗将、軍神の
選びに入れる露西亜の孤英雄、
無情の風はまことに君が身に
まこと無情の翼をひろげき、と。
（「マカロフ提督追悼の詩」より）

マカロフ将軍の旗艦「ペトロパーヴロフスク」は日本軍の機雷に触れて沈没し、マカロフは戦死。このとき同乗して戦闘の様子をスケッチしていた画家もともに命を落とした。『戦争の結末』で反戦を唱えたヴェレシチャーギンである（図11）。

常に最前線に身を置く新しいスタイルの戦争画家は、日露戦争前夜に三ヶ月ほど日本を訪れ、名所旧跡、自然、庶民の生活を描いている。それは六十を過ぎた画家の新境地だった（図12）。もはや戦争が避けられないと判断したヴェレシチャーギンは帰国したが、日本との戦争は無意味で無益だと各界に

図13（右）　マカロフ将軍記念像
図14（左）　ニコーリスキィ聖堂

説いて回ったという。しかしながら、聖ゲオルギー十字章を授与された愛国者は、マカロフの説得にもかかわらずこの時も最前線に向かったのだった。

　マカロフ将軍記念像（図13）、クロンシュタットの反乱の犠牲者を慰霊する永遠の炎、そしてニコーリスキィ聖堂がある広場は「いかり広場」といわれ、大きないかりの絵を中心に広々とした空間をつくっていた（図14）。

　その周囲を、スターリン様式の住宅と、イタリア映画『ひまわり』にも出てくるフルシチョフカ（フルシチョフ時代の集合住宅）が囲んでいた（図15）。

　建築一般をよく勉強しているマリカさんは、スターリン様式とフルシチョフカを比較して、バルコニーの高さの違いから、スターリン様式は天井が高く一部屋も広い、従って家賃も高い。かつてはコムナルカに使われた、とさらさらっと教えてくれた。

　最後にこの日の目的地といってもよいニコーリスキィ聖堂を見て回った。これもカシヤコーフの設計である。

　高さは七十メートルを超え、ドームの直径は約二十七メートルである。コンスタンチノープルのソフィア聖堂をモデルにしたというニコーリスキィ聖堂は、ガガさんが話してくれたとおりのすばらしい聖堂であった。

　その美しさに圧倒されながら、晩禱を聴いた。小編成の聖歌隊だったが、

図15（右）　フルシチョフ時代の団地フルシチョフカ
図16（左）　ニコーリスキィ聖堂のパント・クラートル

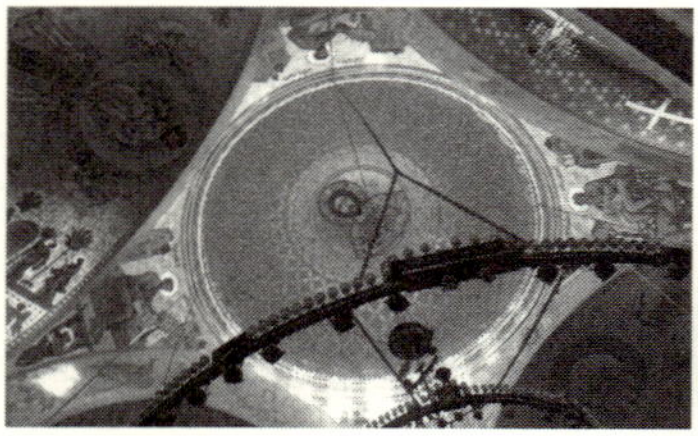

声は巨大な堂内をいっぱいに満たし、まるで天から降り注いでくるかのようだった（図16）。

タチヤーナさんは最後に、堂内の壁を埋める海戦・海洋関連功労者のプレートの中から日本海海戦戦没者の名前が刻まれたプレートを教えてくれた。

クロンシュタットの散策探訪《エクスクルシヤ》は、途中のスーパーで買ったブーブリク（輪型パン）をかじりながらであった。

食欲よりも知識欲が勝るきわめて禁欲的な一団であったといわざるを得ない。

＊

ところで、こうして現地に赴き、実物を見ながら総合的に学ぶことをロシア語で「エクスクルシヤ」という。英語の excursion は、行楽や物見遊山を目的にした小旅行のことだが、エクスクルシヤは学習本意の見学のことをいう。

ペテルブルクっ子はこのエクスクルシヤに熱心である。

エクスクルシヤを「散策探訪」と置き換えている小町文雄さんによると

図17（右）　文学記念館博物館前特設舞台での『白痴』の一コマ
図18（左）　ルートを示すボード

（『サンクト・ペテルブルグ』中公新書）、礎を築いたのは『ペテルブルクの魂』の著者ニコライ・アンツィーフェロフだという。

アンツィーフェロフは、建築学、地理学、歴史学、自然科学、芸術全般、社会科学などあらゆる視点からペテルブルクを学際的に把握し、その文化を次世代に伝える啓蒙活動を推進した人物だそうだ。その際もっとも重視したのがエクスクルシヤだったという。

エクスクルシヤにたいするそうした理解は浸透していて、たとえばブロークの家博物館が主催するシリーズ「コロムナ散歩」の「シナゴーグ巡り」では、引率者の説明は、聖典印刷所にはじまって、シナゴーグ建設に積極的だった音楽院の創設者ルビンシュテイン、音楽院で学んだハイフェッツなど、音楽院やマリインスキー劇場で活躍したユダヤ人作曲家・音楽家に触れ、さらにシナゴーグの建築にまで及んでいた。

エクスクルシヤの充実度は、引率者の層の厚さにもあらわれている。必ずしも研究者や専門家とは限らない。たとえばドストエフスキー文学記念博物館が主催したドストエフスキーの日のエクスクルシヤには、多くの学生たちがボランティアで協力していた。

かれらはたとえばラスコーリニコフの下宿の建物など要所要所で待機し、

図19（右）　ラスコーリニコフの下宿の建物前で参加者に説明する学生
図20（左）　アール・ヌーヴォー様式の「トルストイの家」の中庭とタチヤーナさん。建物は作家とは無関係

参加者が集まると適宜説明をはじめるのである（図17）（図18）（図19）。

ペテルブルグっ子は、このエクスクルシヤに子供の頃から慣れ親しみ、生きた学問領域を肌で知っている。自然科学、社会科学、人文科学に分類される学問領域が、ひとつの対象で出会い、知識と創造力が融合して真の教養になっている。

二百を超える博物館・美術館は、それぞれが一般向け、子供向けのエクスクルシヤを用意しているだけでなく、複数の博物館・美術館が連携して提供するテーマ別のルートもある。

展示室の婦人達の博学と誇りにはいつも感心させられるが、街をよく理解し、愛する気持ちが強いからに違いない。アンツィーフェロフの啓蒙の目的もそこにあったはずで、手段の要になるのがエクスクルシヤなのだ。

*

街を隅々までよく知っているタチヤーナさんに、ペテルブルクの魅力は何かと聞いてみた。そうしたら、『罪と罰』の主人公ラスコーリニコフの名前に関係のある教会を紹介し、その後展覧会に案内してくれるという（図20）。

図21（右）　ペトロフ＝ヴォトキン『赤い馬の水浴』
図22（左）　シチーグリツ美術アカデミー校内

この時のエクスクルシヤは、地下鉄チェルヌィシェフスカヤからシチーグリツ美術工芸アカデミーに立ち寄り、タウリーダ公園を抜けてスモーリヌィ女子修道院で開催中の展覧会に行くルートだった。教会はその途中にあるという。

『赤い馬の水浴』（図21）で知られるペトロフ＝ヴォトキンの母校シチーグリツ美術工芸アカデミーは、ガガさんの息子さんのアリョーシャさんも学んだ学校で、内部装飾は美術アカデミーよりもはるかに見応えがあった（図22）。シチーグリツは美術を愛好する銀行家一族で、私財を投じてアカデミーを創設したという。

隣接するのは、プーシキンもしばしば足を運んだパンテレイモン教会（聖大致命者治療者パンテレイモン教会）（図23）。コロムナのニコーリスキィ聖堂とともにバロック様式の貴重な建物である。ソビエト時代は破壊を免れ、種苗倉庫と綿布工場に利用されていた。

ラスコーリニコフに関係があるという教会は、古儀式派の生神女出現教会だった（図24）。ネオ・ロシア様式の建物で、目と鼻の先に象徴派詩人イワーノフの塔がある。

古儀式派あるいは分離派（ラスコール）ともいわれる旧教徒は、総主教ニコ

図23（右）　パンテレイモン教会とシチーグリッツ美術アカデミー
図24（左）　古儀式派「生神女出現教会」

ンによる典礼などの統一によってうまれた。

それまでは儀式の方法もまちまちだった。

十字を切るのは二本指かそれとも三本指か、ハレルヤの回数は二回なのか三回なのか、十字架行進の方向は太陽に向かうのか、太陽を背にするのか、イエスは「イスス」かそれとも「イイスス」なのか……。

そうした細かい差異もいろいろ生じていたので、一六六七年、ニコンはギリシア正教の原典に回帰することにしたのである。

ことは信仰に関わる問題なのでやっかいだった。新たに統一された儀式や規則を頑なに受け入れようとしない信者は、背教者にされ迫害の対象になった。

迫害される旧教徒といえば、スリコフの『モローゾワ大貴族婦人』だろう（図25）。流刑地に向かう荷橇で、二本指を高々と上げる不屈の受難者の横顔は、一度見たら忘れられない。

ドストエフスキーは、斧で金貸し老婆の頭を「たたき割る」（ラスコローチ）叛徒ラスコーリニコフの名前に、「教会改革に反対する運動、または分離派」を意味するラスコールを潜ませ、古いロシアの土壌と同時代の青年の分裂を物語に投影したのである。

図25（右） スリコフ『モローゾワ大貴族婦人』
図26（左） 街灯点灯夫。足を撫で願い事をすると叶うといわれる

それにしてもなぜペテルブルクに分離派の教会があるのだろう。

保守的な分離派はモスクワを愛し、ピョートル大帝の命令を無視して髭を蓄え（身形も西欧化しようとした大帝は髭に課税した）、西欧化を推進した大帝を悪魔呼ばわりしたはずだ。是非堂内に入って話を聞きたかったが、残念ながら門扉が施錠され、入ることは叶わなかった。

その後近くにあった街灯点灯夫のモニュメントを見てスモーリヌィの展覧会に向かった（図26）。

展覧会は、絵はがきにもなっている水彩画家コンスタンチン・クゼーマの作品展だった。タチヤーナさんによると、クゼーマの水彩画はペテルブルクらしさをじつによくあらわしているとのことだった（図27）。

ペテルブルクの気候は厳しい、冬が長くて日照時間が短い。気圧が低くなるとだるくなって眠くなる。

そうした厳しい気候風土もあって、ドストエフスキーもゴーゴリもペテルブルクを嫌った。それでもこの街には軽やかさと光が宿る瞬間があって、そんな時、街は闇と光が混じり合う不思議な魅力を放つ、こんな街はどこにもないだろうとタチヤーナさんの言葉に力が入る。

街を実際に歩き回り、現物をいろいろ見たあとのまとめとして示された絵

図27（左）　コンスタンチン・クゼーマの水彩画

には、作品の説明の背景となる実体が備わっていて説得力があった。
なるほどそういわれると、クゼーマの描くペテルブルクには、石と水が化合した一瞬がとらえられているような感じがして、ますますこの街が好きになるのだった。

10　大晦日と元旦

新年の祝いは、息子さんのアリョーシャさんのお招きにあずかった。ところがご家族が、暖冬で流行したインフルエンザに罹ってしまった。それならとガガさんとジャンナさんが誘ってくださり、午後九時にお宅に伺った。

先客があった。サハリン出身のナージャさんとやはりご近所にお住まいのセルゲイさんだ。

テーブルには、スライスしたゆで玉子にイクラを乗せたオードブルが並んでいた。いずれも行事食で、新たな命の誕生と豊穣祈願のしるしとされている。ローストポークは、その昔農家でブタの丸焼きをふるまった習慣の名残である。オリビエ・サラダもいつの頃からか正月料理に欠かせない一品になっているそうだ。そして温州ミカン。日本から持ち込まれた苗木が、グルジア地方で根付いて正月を迎える食卓に並ぶようになった。お酒はウォッカだった。

セルゲイさんによると、出されたウォッカは断ってはいけない、いっしょにウォッカで乾杯しないのは「不誠実」なのだそうだ。そして一気にグラスを空けること。

断るつもりは毛頭なかったので、繰り返し一気に空けて友好的態度をアピールした。

ごちそうになったのは「サトコ」という、五種類のベリーと薬草、樹皮などを浸したナストイカ（浸酒）で、体にいいからとジャンナさんがガガさんにもすすめていた。

乾杯では「古い一年を送りましょう」といって杯を空ける。

「送り出し」と「迎えの準備」は、これも農耕儀礼の名残だろう。

先にお見えだったおふたりは午後十時過ぎにそろって帰宅され、ガガさんとジャンナさんがロシアの新年の迎え方を直々に見せてくれた。

午前零時まで残すところ十五分となった。

ジャンナさんがガガさんにジャケットを着るよう促す。シャンパンを家の外で空けるという。

「シャンパンスコエ」といわれるロシアの発泡性ワインは、スターリンによって推奨され、今では新年の祝いに欠かせない飲み物になっている。

猫のカーチャの写真撮影に熱中しはじめたガガさんに、「急がないと時間になるわよ」とジャンナさんの動きがやや慌ただしくなってきた。

いっぽうガガさんはマイペースである。そろそろだなと外に出る気になったガガさんが、ラジオを探しはじめた。ラジオの時報に合わせて乾杯するのである。

痺れを切らしたジャンナさんは、ガガさんを客間から玄関の間に連れだし、コートを着せ、帽子

図1（右）　ガガさんジャンナさんと新年を迎える
図2（左）　パンの博物館

をかぶらせ、ブーツを履かせはじめた。万一風邪をひいたらそれこそ大事である。ジャンナさんは、寒くないかとしきりにガガさんを気遣っている。ジャンナさんも急いで支度を済ませ、三人で暖房の効いている廊下に出た。ガガさんがラジオのスイッチを入れ、時報とともに、「新年おめでとう」、「健康と幸福を願って」とお祝いの言葉を交わしシャンパン・グラスを空けた（図1）。

「昔はアパートの住人が、つぎつぎと出てきてみんなで新年をお祝いしたものよ、賑やかだったわ」とジャンナさん。ガガさんも「まったくだ」と相槌を打つ。

客間に戻るとガガさんが、にこにこしながら「スカイプでアメリカともフィンランドとも新年の挨拶ができたし、日本人のゲストもいる。これでことしもオリジナルな新年が迎えられた」と喜んでいた。

ロシアでは、新しい年は前年とはまたひと味違った迎え方をするのが重要なのだそうだ。平穏な一年を願う日本とは対照的である。だから「ロシアはいつも荒れ模様」なのかもしれない。

おふたりともご高齢なのでお暇しようとすると、ジャンナさんが、自分たちは一緒に行けないが、市内の様子を見てきたらいいと、知り合いにわざわ

図3（右） 立ち飲みバー「ピンタ」入口
図4（左） 「ピンタ」店内

ざエスコート役を頼んでくれていた。その方を待っている間にお酒の話になった。

ガガさんも体調がよいとグラスを重ねることがあったが数杯だった。昔は相当ウォッカを飲んだという。

ガガさんに、お前はふだん何を呑むのかと聞かれたので、日本ではビールとワインだが、ロシアにきてからウォッカもよく飲むようになったと、「ピンタ」という行きつけの店の話をした。それはガガさんも知らない店だった。

リゴフスキー大通りに面した「パンの博物館」の周辺には（図2）、ロシア人のもうひとつの日々の糧すなわちウォッカを飲ませるバーがある。ストレミャンヌィ通りの「ピンタ」、プーシキン通りの「リューマチナヤ」、ラズイェズジャヤ通りの「ストプカ」など、一帯には足取りも軽やかになるポイントが点在しているのである。

そのなかの一件、ストレミャンヌィ通りにある「ピンタ」は、地下鉄マヤコフスキー駅に近いこともあってよく暖簾を潜った（図3）。マラタ通りのショスタコーヴィチの家博物館を探していて見つけた、珍しい立ち飲みウォッカ・バーである。

店のドアを開けると正面のカウンターがすぐ目に飛び込んでくる。テーブルも椅子もない。およそ四メートル四方の空間をイメージしていただければよい。左手奥に細長い炊事場がある（図4）。三方の壁には、一メートルより少し高いくらいだろうか、幅二十センチほどの、棚板のような張り出しがある。

そこに、ストプカ（ウォッカ用の上広がりの小さなグラス）に注いだ五〇グラムのウォッカとつまみが乗った紙皿を並べる。するとなんだかありがたくなって柏手を打ちたくなる。うれしくなって目尻にじわっと皺が寄る。

「ピンタ」はロシア語で「一パイント」つまり約五〇〇ミリ・リットルのことだ。店ではグラス・ウォッカ五〇グラムから注文できる。

店内は殺風景だが、ウイスキー、ラム、浸酒《ナストイカ》、バリザム、コニャック、ワイン、シャンパンも置いてあり、人気ドリンクのひとつが「シャンパン入りコニャック」というきわめてアヴァンギャルドな店なのである。三十年以上続いているという。

ウォッカの銘柄は七、八種類。一番安いのが、作家シュクシンの顔が思い浮かぶ「カリーナ・クラースナヤ（赤いカリーナ）」（映画化された同名の人気小説がある）、高いのが「スタンダード」である。

店では、立派な仕立ての外套に身を包んだ紳士淑女が、静かにそして仲むつまじく飲んでいた日もあったし、厳かな表情で、かみしめるように飲む初老の紳士を見た日もあった。また、革ジャンで決めた青年が、やおら肩幅に足を開いて、一気に流し込む、なんとも潔い呑みっぷりに溜め息が漏れた日もあった。

だが一番多く目にしたのは、くたびれたジャケットあるいは作業着のようなジャンパー姿の、ニタッとしたお父さんたちだった。仕事帰りの一杯だろう。そのうれしそうなこと。きゅっとあけては長居せずさっと店を出て行く。作法を弁え節度を守る「文化的」飲兵衛たちである。

なんだかガソリン・スタンドみたいだが、冷え込みが厳しくなると体がウォッカを欲しがるようになる。冷えた体の芯を、「火酒」でぬくめてやらなくてはならない。

実際ウォッカは、寒さが原因の腹痛には特効薬で、「これほど薬用効果があるウォッカであるから、けっして疎かにしてはいけない」と農学博士の山田実氏もその効用に太鼓判を押している。冬場のウォッカ・バーは、薬局といっても過言ではないのである。

ウォッカのつまみはというと、チョコレートなどもあるが、やはりオープンサンドを齧るのが流儀である。

トッピングはシャケやハムもあるが、是非ともニシンの仲間キリカの塩漬けを選びたい（図5）。ガガさんもキリカを推奨していたし、ガガさんの古馴染みダニエル・グラーニンの『絵画』にもこんな件がある。


看板娘のナージェンカが、ふたりのグラスに五〇グラムずつ注いだ。

「おれのノルマさ」とアルカージィ・マトヴェーヴィチが先に言った。ふたりは店の隅に移

図5（右）　ストプカのウォッカとキリカのオープンサンド
図6（左）　カフェ「リューマチナヤ」

動した。
「会えてうれしいよ、セリョージェンカ」、かれはちょっと大げさに、だがもちろん心を込めて、自分の頬を相手の頬に三度重ねた。「最高だよ、こうして良い男にまた会えて、おまけに冷えたウォッカとキリカのオープンサンドまである。まったく、幸福の極みとはこのことさ、な、そうだろう？」

「ピンタ」のような立ち飲み屋はきわめて珍しい。「パンの博物館」同様、時代のうねりに飲まれることなくいつまでもがんばって欲しいものである。「ピンタ」は酔っ払いのおつき合いはごめんなのか、ふだんは午後八時半、週末は午後六時半きっかりに店を閉める。閉店間際に店を出る客と入れ替わりに「駆け込み乗酒」を試みるのもいるが、店のジェーヴシカ（看板娘）に追い出されること必定である。

「薬」が少し足りないときは、「ピンタ」から通り一本モスクワ駅寄りのプーシキン通りに、その名も「カフェ・リューマチナヤ（一杯飲み屋）」という、こちらは小洒落たカフェ風のウォッカ・バーがある（図6）。

「飲んだらハイさようなら」の「ピンタ」とは違い、椅子もテーブルもあ

図7（右）　プーシキンの家博物館のプーシキン像
図8（左）　ロシア文学研究所「プーシキンの家」の胸像

って落ち着ける。料理も品数が多く、じっくり腰を据えて飲める。客も学生、画家や俳優、銀行員、ジャーナリストなどが多いそうで、若い酔っぱらいが目立つ。絡まれないように注意しながら愉しもう。

「カフェ・リューマチナヤ」を見つけたのは、国民詩人プーシキンの記念碑を探していたときのことである。

ペテルブルクのプーシキン像は、プーシキンが息を引き取ったプーシキンの家博物館の庭に立つ像（図7）、科学アカデミー・ロシア文学研究所（プーシキンの家）の胸像（図8）、ツァールスコエ・セローの座像（図9）などあちこちにあるが、一番よく知られているのは芸術広場にある、ロシア美術館前のプーシキン像（一九五七）だろう（図10）。

だが、プーシキン通りの記念碑のほうがずっと古く、一八八四年の建立である（図11）。

ドストエフスキーの感動的な講演で有名な、モスクワのプーシキン像（一八八〇年）についでロシアで二番目に建てられた。彫刻家も同じオペクーシンである。

だがこのプーシキン像が特別なのは、台座にペテルブルク神話『青銅の騎士』の一節が刻まれていることである。

図9（右）　ツァールスコエ・セローのプーシキン像
図10（左）　芸術広場のプーシキン像

われわれがヨーロッパへの窓をあけ
海辺にしっかと足をふまえて立つのはここだと
自然がきめてくれているのだ。
やがて　とりどりの旗を挿《かざ》した客人たちが
未知の波濤を越えてここへやってくる。
そのときは心のどかに宴《うたげ》を張ろう。

（木村彰一訳）

ペテルブルクに捧げられた叙事詩の一節が刻まれるこのプーシキン像は、ひとりペテルブルクのために、いやコロムナのために造られたプーシキン像といっても過言ではないのだ。

また、引用にもあるように、このプーシキン像の近くにあるウォッカ・バーで「心のどかに宴を張る」のは大いに推奨されるべき、理に適ったことなのである。

ガガさんに、オペクーシンのプーシキン像の話をしたら、彫刻家だった母親のニーナさんは、ニコライ・アキーモフの「コメディ劇場」の舞台用に、それこそ「青銅の騎士」を造ったことがあると教えてくれた。

図11（右）　プーシキン通りのプーシキン像
図12（左）　元旦。宮殿橋から花火を観る

結局元旦の街を案内してくれるはずだった方は来られなくなり、ひとりで宮殿広場まで歩いてみた。

新年なのでふだんは寂しい裏道にも人影があった。冷たい霧雨の中、うずくまって寝込んでいる酔っ払いもひとりやふたりではなかった。

イサーク広場が近づくにつれ、家族連れ、カップル、友達同士のグループが増えてきて、宮殿広場は予想通りの人出で賑わっていた。

宮殿広場付近には、道のそこここに空のシャンパンボトルが転がっていた。カウントダウンはすでに終わっていたが、騒ぎはいっこうに収まりそうもない。

人混みの中から時々花火が上がる。続いて歓声も上がる。日本では考えられないことである。

人の流れが宮殿広場から、ネヴァ川に架かる宮殿橋へと続いていた。橋は、ペトロパーヴロフスク要塞の上につぎつぎと打ち上げられる大きな光の輪を見物しようと、鈴なりのペテルブルクっ子たちで立錐の余地もなかった（図12）。

11　クリスマス

ロシアでは、新年を迎えたあとにクリスマスがやってくる。古い暦ユリウス暦に従って一月七日に降誕祭を祝うのである。教会では、一月十九日の神現祭（イエスがヨハネによって洗礼を受けた日）までの十二日間をスヴャートキ（神聖なる日々）と呼び慣わしている。

まだキリスト教を知らなかった大昔、人々は冬至（ローマ暦の十二月二十五日）を一年の節目として盛大に祝っていた。十二月二十四日（旧暦一月六日）から十二月二十五日（旧暦一月七日）にかけて乱痴気騒ぎが繰り広げられ、これをコリャダーと呼んでいた。kol（「円環、サイクル」）を語源とするコリャダー koljada は、古代ロシアの神話で冬至の化身のこと。

冬至は最も夜の長い日だが、夏に向けて陽が長くなりはじめる節目の日でもある。この時期ロシアは、それはそれは激しいマロース（厳寒）に襲われる。

マロースは擬人化され、厳しい寒さは悪魔、魔女たちの仕業と信じられていた。悪霊を追い払うため、人々は篝火を焚き、火を囲んで踊り狂い、コリャダーを応援したのである。その夜の底抜けに陽気な大騒ぎは、善なる神々の勝利の祝いだったのだ。

キリスト教受容後も、コリャダーの伝統はまだしばらく残っていた。

とくに農村を中心に、自然崇拝、先祖崇拝を背景にしたさまざまな予祝行事が行われていた。新たな年の豊穣多産、結婚や家庭の幸福を願い、農民は歌や踊り、仮装そして占いに興じていた。

たとえば門付けの風習にも古の信仰の痕跡が残っていた。

クリスマス・イヴに教会に行くのはキリスト教の行事だが、それとはべつに、若者や子供たちは、松明を掲げ、富と豊穣を願う歌をうたいながら家々を回り、お返しに食べ物やお金をもらっていた。その時うたう歌に、コリャダーという言葉が合いの手のようにまだ残っていたのである。

コリャダー、コリャダー、
門あけろ
大地に雪んこ
ぱらぱらふった。
お家の窓辺にきましたよ

クリスマスだよ、クリスマス。
さあ起きなさい、ご主人さん
さあ起こしなさい奥さんを。
パンと塩をくださいな……

クリスマス・イヴの夕食にはクチヤーという、小麦、レーズン、蜂蜜、ナッツでつくる粥を行事食として食べる。六週間続いた長い物忌みのあとなので、かつてクリスマス当日は一日中食べたり飲んだりして過ごしていた。農家では、一年でもっとも盛大な食事が用意された。子豚が供されることもあった。出し惜しみしないことは豊穣を確信する異教の習慣の名残だったのである。
仮装もコリャダーの名残のひとつといわれている。門付けの際には、若者や子供が馬、ヤギ、雌牛、熊その他の動物の仮面で仮装した。トルストイの『戦争と平和』にクリスマスの仮装の様子が描かれている。

熊だの、トルコ人だの、居酒屋の亭主だの、令嬢だの、恐ろしいのや、滑稽なのや、思い思いに仮装をこらした召使たちが、冷たい空気と陽気な気分をもちこんで、はじめのうちはきまりわるげに玄関の間にかたまりあっていたが、そのうちに、たがいに人のうしろにかくれあうようにして、広間へおし出されてきた。そしてはじめは遠慮がちだったが、そのうちにしだいに

調子が合ってきて、ますます陽気に、歌や、踊りや、輪舞や、クリスマスの遊戯などがはじまった。（中略）

三十分ほどすると、広間の仮装した連中の間に釣鐘のようなスカートの老貴婦人があらわれた――これはニコライだった。トルコ少女はペーチャだった。道化――これはジンムラーだった。軽騎兵は――ナターシャ、チェルケス人は――ソーニャで、二人ともコルクの焦げで髭と眉を描いていた。（工藤精一郎訳）

占いにも熱心だった。若い娘たちは、村の繁栄のために、自分の運命をゆだねる結婚相手を占った。鏡の右手に未来の夫の姿が浮かぶと信じられていた。雄鳥がついばんだ小麦の種の数で結婚式までの月数を占った。

しかし時代が下るにつれ、コリャダーの祭りの楽天主義と人生謳歌は、「光」に由来するクリスマスの祝いスヴャートキの影に追いやられてゆく。コリャダーはスヴィヤートキに取り込まれ、もはや門付け、あるいは門付けの際にうたう歌を指すだけになってしまった。

だがスヴャートキもまた、キリスト教が弾圧の対象になった社会主義の時代には「赤い祭り」に取り込まれてしまう。

革命前に子供たちのクリスマスの祝いの象徴になっていたヨールカ（唐檜《とうひ》のツリー）は（プレゼントはツリーの下に置いた）、ブルジョアと司祭の慣習であって反ソ的だと批判され禁止された。ヨールカが子供たちのもとに戻ってくるのは一九三五年のことである。ただしそれはクリスマスではなく、年末年始を祝う祭り「ヨールカ」のためだった。

*

さて、二十一世紀のペテルブルクのクリスマスはどんな様子だろう。

一月六日、よく晴れたクリスマス・イヴになった。正午近くにペテルブルクの守護聖人を奉る三位一体アレクサンドル・ネフスキー大修道院に出かけてみた。

図1　アレクサンドル・ネフスキーの騎馬像

緑の地下鉄三号線アレクサンドル・ネフスキー駅を出ると、目の前がからりとひらける。広場の中央に建つのはこの街の守護聖人アレクサンドル・ネフスキーの騎馬像である（図1）。

エイゼンシテインの映画『アレクサンドル・ネフスキー』（一九三八）では、チュード湖上で繰り広げられるドイツ騎士団との戦闘シーンが、プロコフィエフの重厚な音楽とともに印象深い。映画は、ドイツ軍の脅威を払いのけ、国民の士気を鼓舞したとしてスターリン賞を受賞。エイゼンシテインは形式主義者の汚名を濯いだ。

ナチスドイツの九百日にわたる包囲戦に耐えた英雄都市にとって、ネフス

図2（右）　ブラゴヴェシチェンスカヤ教会
図3（左）　トロイツキー聖堂

キーはまさに守護聖人だったといえるだろう。

一二四〇年、ノヴゴロド公アレクサンドル・ヤロスラーヴォヴィチは、スウェーデン軍をネヴァ河畔で撃破し、「ネヴァ川の英雄」を意味するネフスキーの称号を授かった。武勇に優れたネフスキーはその後大公としてウラジーミルに招かれ列聖された。

ピョートル大帝は、一七一〇年、ネフスキーのネヴァ河畔の勝利を記念して修道院の建立を命じ、一七二四年に聖骸をウラジーミルからトロイツキー聖堂に移したのだった。

修道院はクリスマス・イヴということでやはりふだんとは人出が違った。

第一橋の左手に見える赤い壁と白い柱の三層の建物が、修道院で最も古いブラゴヴェシチェンスカヤ教会である。ピョートル・バロックの様式で、設計はD・トレジーニ（図2）。

修道院の中心となっているトロイツキー聖堂は、I・スターロフの設計による古典主義の建物である。堂内は信者であふれ、複数の祈禱が行われていた（図3）。

修道院には、キノーヴィヤ（共同僧坊を有する）、パドヴォーリエ（郊外寺院に所属し、宿舎を有する）、プストゥイニ（世俗を離れた僻地の草庵）など、規模

図4（右）　画家クストージェフの墓。チフヴィン墓地
図5（左）ナターリヤ・ランスカヤの墓所

や形態によって様々な種類があるが、アレクサンドル・ネフスキー大修道院は一七九七年にラーヴラとして認められた。

　ラーヴラとは特別な地位にある大規模な男子修道院のことである。管理は、土地の監督管区ではなく、総主教あるいは宗務院に直接委ねられている。ラーヴラはロシア国内にはふたつしかない。モスクワの聖三位一体セルギー大修道院とアレクサンドル・ネフスキー大修道院である。印刷所、古文書保管所、アカデミー、中等神学校《セミナリヤ》も設置され、ロシア中から訪れる巡礼者を収容可能なように宿泊施設も整備されている。

　チフヴィン墓地には、作家ドストエフスキーやレールモントフ、作曲家チャイコフスキーとロシア国民楽派五人組、画家クラムスコイなど十九世紀の著名な芸術家たちの墓がある（図4）。

　十八世紀の墓を中心にしたラザレフ墓地には、再婚した、プーシキンの妻ナターリヤ・ランスカヤの遺灰を納めた墓がある（図5）。

　また、ニコライ墓地には、チェーホフ通りに社屋が残る新聞王スヴォーリンの墓もある（図6）。

　修道院や教会には、付属する売店で蜂蜜やプリャーニキ（糖蜜菓子）、ピロシキなどを売っているところがあるが、アレクサンドル・ネフスキー大修道

院を訪れたら、この修道院で焼いているパンを忘れずに購入したい（3章、54～55頁参照）。

修道院の門をくぐるとトロイツキー聖堂の手前、左手に販売所の入口がある。

小麦とライ麦の、じつにしっかりした美味しいパンが手頃な値段で買える。九〇〇グラムのライ麦パンが六〇ルーブルである（一五〇円ほど）。午前十時から販売がはじまるが、昼過ぎには売り切れていることが珍しくない。教会の売店のパンをいくつか試したが、アレクサンドル・ネフスキー大修道院のパンが群を抜いている。

ちなみにここの食堂《トラペズナヤ》もおすすめである。

様々な具をふんわりしたパンで包んだピロシキは、サドーワヤ通りにあるピローグの「メトロポール」にまさるとも劣らない味である。気に入ってよく食べたのは、ジャガイモ、ニンジン、そしてお肉がごろごろ入ったジャルコエ（白身魚の時もある）である。ボルシチ、サリャンカなどのスープ類、サラダも各種ある（図7）。

図6（右） 新聞王スヴォーリンの墓
図7（左）修道院食堂のジャルコエ、オリビエ・サラダにピロシキ

＊

図8　ガガさんの描いた鼻眼鏡

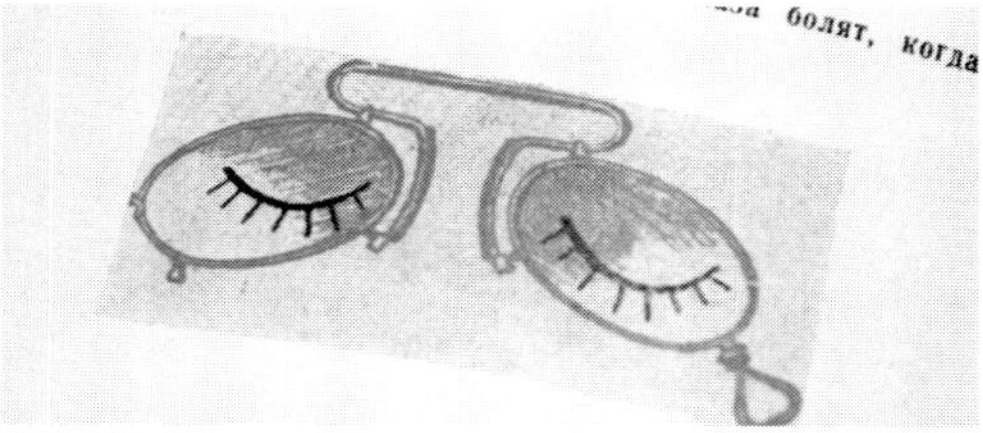

夕方からは、ガガさんのお宅で開かれたクリスマス・イヴの宴に招かれた。客間の隅にツリーが飾られ、電飾が明かりになってクリスマスの雰囲気満点であった。

ジャンナさんは見事な鳥の丸焼きと、オリビエ・サラダ、キャベツのサラダ、サラミなどが載ったオードブルを用意してくれた。ウォッカは浸酒のサトコだった。

もちろん僕はいつものように寿司を持参した。

テーブルの真ん中で、年末にアリョーシャさんがもってきた、高さ十センチほどのLEDライト内蔵のツリーが点滅していた。

僕はそのツリーを指して日本語で「カワイイ」といってみた。普及度を確かめてみたのである。

するとガガさんが「クラシーヴィ（美しい）のことか」と聞くので「少し違います」といって説明した。

「失礼はご容赦ください」と前置きして、「じつはうちの娘がですね、ガガさんが描いた、イリフの『日記抄』のイラストを見て「カワイイ」といいましてね。とりわけ鼻眼鏡が気に入ったようです」といった（図8）。

「そうか、それで」とガガさん。

「「カワイイ」という日本語は一部の若者言葉で、最近ロシア語にもなったようなのですが、アニメ・ファン、コスプレ・ファンの若者が、ロシア語の「ミールィ（愛らしい）」にむしろ近いかもしれませんが、「一目惚れした」くらいの意味で使っているようです」

そうしたら、「それがなんで失礼なんだ、俺はうれしいぞ」とレーピン美術アカデミー卒の大家は喜んでくれた。

ジャンナさんが蝋燭を出してきて火をともした。クリスマスの雰囲気が一段と増した。

ガガさんのお宅のクリスマスの宴で画家のガフールさんと知り合いになった。

ガフール・ミンダガリエフさんは一九五四年生まれ。既に触れたが、フレーブニコフと同じアストラハンのご出身である。

ガフールさんは、ペテルブルクに来て体調を崩してしまった。

心臓、胃も病んだが、とくにひどかったのが背中の痛みだった。過労も災いしたが最大の原因は日照不足だったという。

タタールの血を誇るガフールさんによると、ご先祖は、ティムールに滅ぼされたり、クリミア・ハンに焼き払われたり、オスマン帝国に統治されたりした太陽の国の末裔なのだそうだ。ペテルブルクの冬は、夜が長い上に曇天が続く。ガフールさんの体に何よりこたえたのは、寒さや湿気ではなく、光が乏しかったことだったのだ。

図9（右）　ガフールさん式気功の自作解説書
図10（左）　マロース爺さん

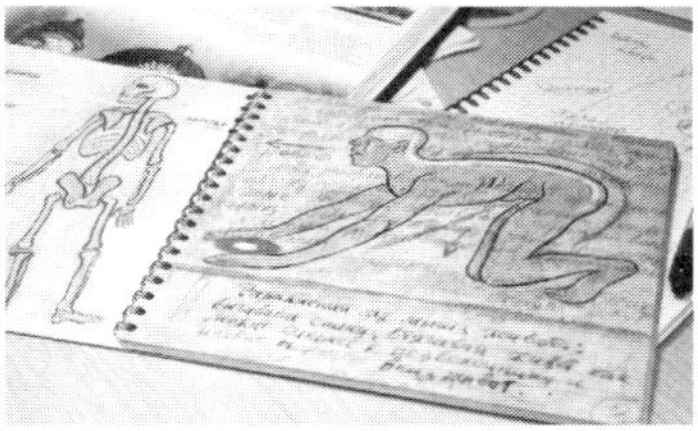

そこでガフールさんはみずから治療法を編み出した。気功の一種だが、独創的なのは、太陽に見立てた、中心部分が赤でその周りが黄色の円を、おへその辺りにイメージしながら実践することだという。

ガフールさんは見事に快癒。苦しむ人がひとりでも良くなればと、会得したすべてをイラスト付きの指南書にまとめ、自費出版した（図9）。

その本をプレゼントしよう、ついでに自分の絵も見せようとご自宅に招いてくれた。ガフールさんのお住まいは、クリスマス・マーケットが立つピオネールスカヤ広場の近くで、会場に行けばマロース爺さんや雪娘《スネグーロチカ》も見られるだろうとのことだった。

遠慮している場合ではない。

クリスマスシーズンの主役のひとり、マロース爺さんは、帽子や髭などが似ているのでしばしばサンタクロースと誤解される。

けれどもマロース爺さんのほうは、裾が足元まであるガウンのような衣装を纏っている。布地は青もあれば白もある。さらに金糸銀糸の豪華な刺繍が施され、帯を締めているのがふつうだ。これはカフターンという、十八世紀、ピョートル大帝の時代に流行ったトルコ伝来の上着なのである（図10）。

英語にもJack Frostという「厳寒」を擬人化した言い方があるが、もともと、スラヴの民話や伝承で「悪魔」とみなされていた「厳しい寒さ」が擬人化されたもので、サンタクロースではない。

マロース爺さんの橇を引くのもトナカイではなく三頭立ての馬《トロイカ》で、プレゼントを運んでくる日も大晦日から元旦にかけてである。それに魔法の杖を持っている。

マロース爺さんといっしょにいる可愛い娘は孫娘だといわれるが、これは雪娘《スネグーロチカ》といって、チャイコフスキーがバレエ音楽にし、リムスキー＝コルサコフがオペラにした、お伽話の主人公である。

銀色、水色、白の、裾の広がったコートのようなものを着て、ぼんぼりのついた上着と同じ色の帽子を被っていたり、ココシニクという刺繍の美しい前立てのある被り物を被っていたりする。

マロース爺さんと雪娘が見られたらどんなに素敵だろう。夢は膨らんだ。

12　アストラハンから来た画家ガフールさん

残念なことに、雪娘《スネグーロチカ》にもマロース爺さんにも会えなかったが、ロシアのクリスマス・マーケットの賑わいは愉しめた。

ふだんよく利用していた地下鉄ワシーリィ島駅前にも、年末からプロムナードに露店がずらりと並んで壮観だったが、ピオネールスカヤ広場のほうがいちだんと賑やかで華やかだった。

仮設ステージでは子供たちがゲームに興じ、おしゃれなブースが軒を連ねていた。ロシア全国の産物を並べたブースのほか、国外の品々を取りそろえたブースもあり、さしずめ世界の物産展といったところだった（図1）。

マーケットを回ったあとガフールさんのお宅に伺った。

ガフールさんのお宅は、スターリン様式の四階建て集合住宅の最上階にあ

図1　ピオネールスカヤ広場のクリスマス・マーケット

った。

リゴフスカヤ大通りの裏通りに面していて車の流れも少なく、地下鉄のウラジーミルスカヤ駅にもほど近い便利なところだった。

冷え込みの厳しい日だったが、玄関から廊下に入ったとたんに暖気に包まれた。２ＤＫの住宅は、天井の高いゆったりとした造りになっていた。

優しい笑顔の奥様は南サハリン出身で、朝鮮の血が流れているという。奥様が手料理で迎えてくれた。

ご飯にわかめのスープ、それにチジミをいただいた。スープは羊で出汁をとって、塩とお醤油で味付けをしたシンプルなものだった。そこに別に盛った炊きたてのご飯を適宜入れていただく。わかめのスープはよく出汁が利いて五臓六腑に染みわたった。

羊はガフールさんが丸ごと買って解体し、冷凍保存するそうだ。男の仕事だという。ファミリータイプの大型冷蔵庫が二台も並んでいたのはそのためだったのだ。

ガフールさんによると、ガガさんと知り合ったのはジェラール氏の家だという。クリスマス・イヴにガガさんのお宅でも話題になっていたジェラール氏とは、ソビエト崩壊直後のペテルブルクで、仕事を失った画家たちの世話をし、フランスで展覧会を企画した資産家のことだった。

奥様の話だと、いいひとというか恩人で、ジェラールの家に集まっていた画家たちもみな優れた才能の持ち主だったそうだ。

図2（右）　ガフールさん。個展会場のロシア諸民族の図書館で
図3（左）　スフィンクスをモチーフにした作品

ガフールさんはいう。自分は血統のいいガガさんとは違う。ガガさんはお爺さんが超エリートで、母親も彫刻家だ。お父さんも学識があったし、本人も美術アカデミーを卒業している。いっぽう自分は、小さな鞄ひとつ下げてアストラハンからここまでやってきた。

ガフールさんには、一代で築いたたたき上げの画家だとの自負がある。

食事をしながらの四方山話のあと、自信作数点と、ガフールさんが作品を見せてくれた。最初に通された寝室には、自分の好きな画家の作品、それにアストラハン時代の恩師の作品が、全部で十点ほど壁に掛けられていた。

次に通された仕事部屋には、本棚に並べた本のように、作品がスチールの棚にきちんと整理されていた。どの部屋もギャラリーの展示室のようなガガさんのお宅とは好対照だった。

ガフールさんはソファにイーゼルを置くと、大作のもとになる原画をつぎつぎと見せてくれた。繰り返されるモチーフが、美術アカデミー前のスフィンクス、故郷アストラハンの鯉の干物、そして両性具有である。重くて力のある、どちらかというと暗い印象を与える作風だった（図2）（図3）。

ガフールさんによると、具象と抽象の組み合わせによる空間の多元化は日本の書道に学んだのだという。

図4（右） ガフールさんの仕事部屋
図5（左） すべて手作りの絵本

具象空間とそこからはじまる抽象空間を描くことによってキャンバスからさらにその外に拡張してゆく異空間がうまれる。遠近法に拠らずとも、三次元空間ばかりか多次元空間も表現可能なのだと、モイカ運河に架かる橋の絵を使って具体的に説明してくれた（図4）。

次に、すべて手作りだという、故郷アストラハンの昔話をもとにしたタタール語の絵本を出してきて一部朗読してくれた（図5）。

また、あくまで自分のために描いたという、チェーホフの初期短篇とゴーゴリの『死せる魂』、『鼻』の挿絵も見せてくれた。「要るならもってけ、お代は要らないよ」という。なんとまあ気前のいいことだろう。

どこか体で痛いところは無いかと聞くので、腰は痛いし座骨神経痛も出るというと、ガガさん宅で話題になったオリジナル気功の本を出してきて、呼吸の仕方を指南してくれた。

ガフールさんとふたり、四つん這いになって片手片足をかわるがわる曲げ伸ばしするのはなかなか不思議な体験であった。

大柄な高齢者と小柄な高齢者が、ふたり並んでフーハ、フーハいいながら不思議なポーズをとっている。傍目には異様な光景に映ったことだろう。

ガフールさんは、記念にと気功の指南書のほか、ご自身の作品を数枚、くるくるっと新聞紙に巻いて渡してくれた。

暇の間際の質問ではないとわかってはいたが、文学と絵画の接点はどこなのか聞いてみた。チェーホフ、ゴーゴリの挿絵を、自分のために描いたというガフールさんである。後悔しないよう聞いてみたのである。

返事は明快だった。

「ない」

挿絵は文学だが、絵画は自立している。絵画に大事なのは理念だという。自分のは神話だ。そもそも芸術的絵画には固有の歴史がある。作品が完成に至るまでには個別の時間と空間が必要だ。だから文学とはそもそも違う。きわめて明快であった。

別れ際に、無用の長物だからと一冊の本を渡してくれた。

それはなんと、『孤独な漂泊者』という国木田独歩のモノグラフだった。著者は著名な日本学者のグリゴーリエワ女史。国木田独歩と二葉亭四迷の翻訳文について拙い文章にまとめたことがあるのでその偶然に少し驚いた。

それればかりではない。その時は夢にも思わなかったが、しばらくして海外児童図書館から日本文学の講演を依頼され、『孤独な漂泊者』にはすっかりお世話になったのだった。

ガフールさんの口癖が「アト・シビャー（от себя）」

ドア表示の「押す／引く」の「押す」と同じ表現だが、タタールの文化は、自分の持てるものを惜しみなく与える文化なのだそうだ。目のあたりした一日であった。

13　アプラークシン・ドヴォールとコロムナの画家たち

図1　フォンタンカ運河の袂にある「Kギャラリー」

それから数日後、ガフールさんから電話をもらった。是非紹介したいとわざわざ連れて行ってくれたのが「Kギャラリー」だった。画廊はフォンタンカ川に架かるベリンスキー橋の袂にあった（図1）。

オーナーがエルミタージュ美術館の東洋美術部門に長く勤めた方で、日本美術に詳しいから話を聞いて本にしたらいいとガフールさん。日本美術のことなど何も知らないのに、とにかく話を聞いてみようと暢気な僕。

ガフールさんが、ペテルブルク一だという「Kギャラリー」には、初期のレントゥーロフ、ピョートル大帝がまだ存命中に描かれたという大帝の肖像画、レーピンによる娘の肖像画など、サザビーズで競り落としたという作品も並んでいた。

残念なことに、間近の展覧会の準備が忙しく、詳しく話を伺うことは叶わなかったが、素晴らしいコレクションの数々を見せてもらった。

また後日ということで、その日はガフールさんがコロムナに住む仲間の画家を紹介してくれることになった。

フォンタンカの「Kギャラリー」からモイカ運河の新オランダまで歩いて街を横断した。

途中、高級百貨店ゴスチーヌィ・ドヴォールに隣接するアート・センター「ペレンヌィ・リャド」を覗いた。画廊が軒を連ねる箱形のマーケットである。

額縁に値札の付いた絵を冷やかしているうちに、ゴーゴリの『肖像画』を思い出した。

『肖像画』は、お金に目が眩んだ貧しい画学生が、あたら才能を無駄にしてしまう幻想的な物語である。

主人公のチャルトコーフは才能ある貧しい画学生だった。家賃の安いワシーリィ島第十五リニヤに部屋を借りていたが、家主に立ち退きを迫られていた。家賃も払えないのに、チャルトコーフはアプラークシン・ドヴォールの古道具屋で見つけた老人の肖像画を、なけなしの二〇カペイカで購入してしまう。

そしてその肖像画のせいでチャルトコーフの人生はすっかり狂ってしまうのだった。

肖像画の額縁には大金が隠されていた。チャルトコーフはその金でネフスキー大通りの高級住宅に引っ越し、評論家を買収して画壇で地位を築くと金持ち相手の凡庸な肖像画家に堕ちてゆくのである。

ところがある日のこと、チャルトコーフはイタリアで修行を積んだ旧友の展覧会に招かれる。真の才能を目の当たりにしたチャルトコーフは声も出ない。あまりの衝撃に涙が溢れ、欲に溺れた自分を悔やむが、チャルトコーフは嫉妬の権化と化してゆく。

評判を取った絵画を買い漁ると、つぎつぎとナイフで切り裂き、あげくの果てに狂気の淵で命を落としてしまうのだった。

チャルトコーフが買った老人の肖像画は、持ち主に悲劇をもたらす悪魔の肖像画だった。不気味な老人がチャルトコーフの夢の中で、絵から抜け出して金を数える冒頭の場面は、夢から覚めたと思ったらまた夢だったという、入れ子状の悪夢が恐怖のボルテージを上げてゆく。チャルトコーフが小手先だけの肖像画家に身を落としてゆく過程も、美術評論家ゴーゴリが顔をのぞかせ面白い。

人を不幸に陥れる肖像画の老人は、コロムナに住むエカチェリーナ女帝時代の高利貸しという設定である。ガフールさんの友人のアトリエもコロムナにあるという。

そこでガフールさんに聞いてみた。

「ガフールさんにはゴーゴリの挿絵の仕事がありますが、ゴーゴリの『肖像画』は、のちにアプラークシン・ドヴォールとひとつになるシチューキン勧工場にはじまりますね。アプラークシンは、これまで知り合ったどのロシア人も口を揃えて危険だ、あそこには近づくなといっていました、そうとう危ないのですか?」

たとえば、毎年七月の第一土曜日に行われる「ドストエフスキーの日」に、メイン会場のウラジーミル広場から、第二会場のセナーヤ広場まで同行してくれたアーラさんは、フォンタンカ川に架かるロモノーソフ橋を渡ると、ロッシ通りを抜けてサドーワヤ通りに出た。

大きく迂回したのは、アプラークシン・ドヴォールの横町を避けるためだった。サドーワヤ通りでもアプラークシン・ドヴォールにさしかかったときには、「鞄をしっかり押さえて」とアーラさんは僕に注意を促した。

敷地面積一四ヘクタール、二百年以上の歴史を持つアプラークシン・ドヴォールは、サドーワヤ通りを挟んで高級百貨店のゴスチーヌィ・ドヴォールとはすぐ目と鼻の間だ。ところがアプラークシンのほうは、同じドヴォールでもペテルブルクの暗部とも、恥部ともいわれ怖れられている。

非合法の店が平然と営業し、麻薬の売買は当たり前だそうだ。

イスラム過激派が潜入している疑いがあるとのことで軍の特殊部隊が三百人を拘留したのは二〇一三年のことだった。現在も特殊任務警察隊《オーモン》が周囲に常駐している。

このように、アプラークシン・ドヴォールは、ロシア人でも近づこうとしない難所なので半ば諦めていた。ガフールさんにも、どれほどそこが恐ろしい場所なのかちょっと聞いてみたかったのである。

あに図らんや、ガフールさんの返事はまたまた明快だった。

図2（右） 居住スペースになっている屋根裏部屋
図3（左） 陳列は雨晒しが基本

「いくぞ」

といって御年六十二歳の画家は、すたすたと歩き出したのだった。

ガフールさんは、アプラークシンによく画材を買いに来るのだそうだ。

アプラークシンは広かった。

広い敷地の中に、四階建てもあるが、三階ないしは二階建ての低層の棟が全部で五十七棟建ち並んでいる（図2）。

その一棟一棟に、商店が、寄り合うというよりも詰めこまれ、ひしめき合っている感じだった。最上階に並ぶ将棋の駒の形をした窓は屋根裏部屋で居住空間になっているようだ。

ショーウィンドウやネオンサインのようなものはほとんどなく、取扱商品名を書いたけばけばしい看板が店先に下がっているだけである。「ジャケット」、「オモチャ」、「パンスト」、「ジーンズ」、「帽子」といった具合だ（図3）。

衣料品がよく目に付いた。

商品は陳列されているというよりも、無造作に放置されているといったほうが当たっているだろう。

うっすら雪を被ったスーツケースがいくつも地面に直に置かれていたり、ジーンズを穿いたマネキンが、大型のゴミ箱の隣で下半身だけで立っていたりする。
品数豊富でやる気のありそうな店は、ビニールシートの端をロープで結わえてオーニングのように店先に広げてはいたが、ディスプレイの基本はやはり雨晒しだった。

棟はどれも間口が小さく、奥がどうなっているのか皆目わからない。

ずっと手がつけられなかったのだろう、古い様式の建物がまだけっこう残っていて、修復中あるいは予定と思われる崩れかけた棟も少なからずあった。

ガフールさんが贔屓の反物屋に案内してくれた。

棟に入ると細い通路が迷路のように続いている。反物屋の売り場の品ぞろえは極めて豊富で、ガフールさんいわく、「どこよりも安い」そうだ。二階は白物家電その他、三階は時計など貴金属を扱う店だった（図4）。

アプラークシン全体の雰囲気は、「怪しい」のひとことにつきる。

建ち並ぶ棟内に連れ込まれでもしたら間違いなく消息不明だろう。

『肖像画』にあるように、薄暗闇の店の奥からこっちをじっとにらみつける肖像画があってもおかしくないような雰囲気だった。

それは青銅色の顔に頬骨がとがった痩せこけた老人の肖像画で、その表情はよほど激情的な一瞬をとらえたとみえて、北国の人の重苦しさは感じられなかった。燃えさかるような真昼の輝

図4（右）　豊富な品揃えと低価格
図5（左）　ゴロホーワヤ通りのロゴージンの家

きが、その表情に秘められていた。老人はゆったりとしたアジア風の衣服を身にまとっていた。（中略）なによりも非凡なのはその両眼で、これを描いた画家がそれに筆力のすべてをかたむけ、精魂の限りをつくしたものと見えた。その両眼はじっとにらみつけていて、いまにも肖像画から抜けだしそうな様子は、そのあやしい生気で全体の調和をぶち壊しにしているようだった。彼がその肖像画を扉口に持っていくと、さらに鋭い目つきでにらみつけた。その両眼は見物の連中にも、ほとんどおなじ印象をあたえた。絵かきのうしろに立っていた女は、『あれ、にらんでいる、にらみつけている』とさけんで、あとじさりした。なにかしら自分にもわけのわからない、いやな気持ちになって、彼は肖像画を地面に置いた。（横田瑞穂訳）

鋭い眼光にはっとしたら、物売りだった。歩いているとどこからともなく近寄ってくる。季節が夏だったら人の動きももっとあって、さらに猥雑な感じがすることだろう。

アプラークシン・ドヴォールを出てから、セナーヤ広場の手前にある公共

図6（右）　セナーヤ広場
図7（左）　ズヴェルコーフの家

図書館に立ち寄った。『白痴』の登場人物ロゴージンの家の並びでゴロホワヤ通りに面した「ロシア諸民族の図書館」である（図5）。

市内の公共図書館はこれで四カ所目だったが、ここも入口は中庭にあり、目立った表示板のようなものもない。ひとりだったらしばらく途方に暮れたことだろう。

「ロシア諸民族の図書館」にはタタール語、マリ語、タジク語などの図書が読める図書室があり、そこでガフールさんの個展が開催中だった。

図書館を出てからセナーヤ広場を抜け（図6）、グリボエードフ運河に架かるセナーヤ橋を渡った。このあたりは、ドストエフスキーの『罪と罰』の舞台として有名だが、ゴーゴリの作品にもよく登場する。

『狂人日記』の主人公ポプリーシチンが、犬のフェデーリとメッジィの跡をつけてやってきたのは、グリボエードフ運河に面した大きな建物の前だった。

> ゴロホワヤ通りをぬけ、メシチャンスカヤ通りへまがり、そこからストリャルナヤへでて、やがてコクーシキン橋へ向かったところで一軒の大きな家の前で立ちどまった。『この家なら知っているぞ』と、おれは口

のなかでつぶやいた、『これはズヴェルコーフの持ち家だ』すばらしくでっかい建物だ！

（横田瑞穂訳）

賃貸住宅ズヴェルコーフの家は、当時は見物人が集まるほど大きな高い建物だった。ゴーゴリは、その五階の一室で『ディカーニカ近郊夜話』を完成させ、栄光への道を歩み出したのである。「でっかい建物」は現在「ホテル・ゴーゴリ」になっている（図7）。

また、『ネフスキー大通り』ではブロンド美人の跡を追うピロゴーフ中尉が、カザンスキイ門を抜けてメシチャンスカヤ通り（現カザンスカヤ通り）にやってくる。そこには「タバコやら食料雑貨の店があり、ドイツ人の皮なめし職人やエストニア人のニンフら」が屯《たむろ》していた。

ゴーゴリはズヴェルコーフの家に住む前に、この通りに面したヨッヒムの家の四階を借りたが、一年足らずでそこを出ている。その理由を、キャベツを煮炊きする臭いが耐えられなかったからだと『狂人日記』のポプリーシチンの口を借りて明かしている（図8）。

さてガフールさんと僕は、ブロンドの人妻を追うピロゴーフ中尉と同じ方角に、つまりメシチャンスカヤ通りをさらに南西に、モイカ運河のほうへと

図8（右） ヨッヒムの家
図9（左） コンドラチェフさん（左）とガフールさん

図10（右） コンドラチェフさんのアトリエ
図11（左） コンドラチェフさんの作品『ぜんぶ嘘』

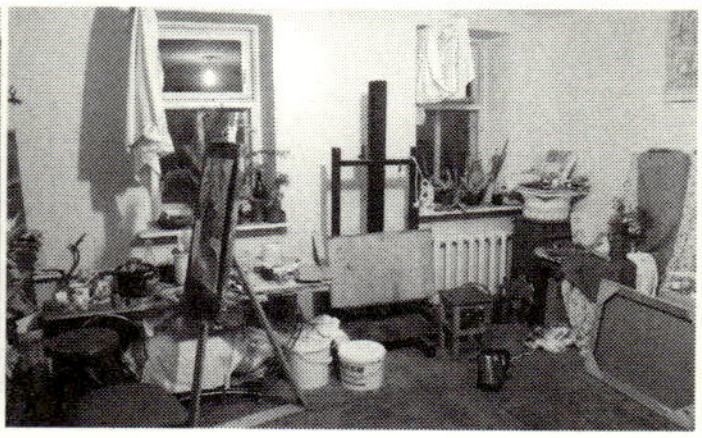

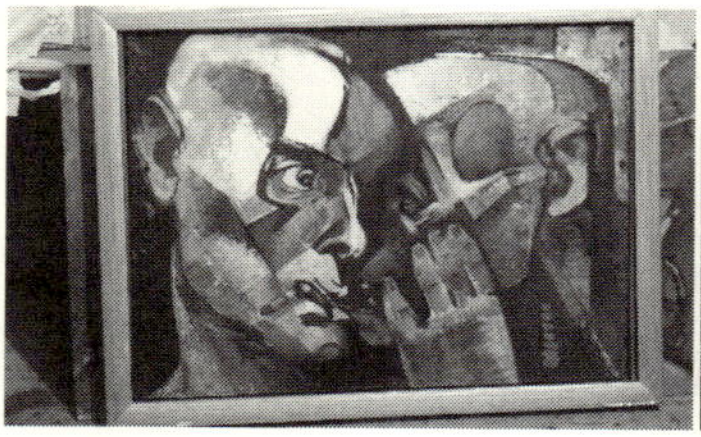

向かった。

ガフールさんの仲間のアトリエは新オランダの近くのアパートの五階にあった。

ガフールさんの友人のコンドラチェフさんは、アトリエで週に数回絵画教室を開いている（図9）（図10）。画家稼業は決して楽ではなく、コンドラチェフさんのように、絵画教師と二足のわらじを履けるのは恵まれたほうなのだそうだ。

コンドラチェフさんが作品を見せてくれた。どれも骨太だった。仕事がまったく無かった七〇年代に、ボクサーだった兄をモデルにして描いた『ぜんぶ嘘』という作品が印象的だった。強烈なパワーを放っていた（図11）。

そばで見ていたガフールさんがコンドラチェフさんに、ゴーゴリをモチーフにした作品があるだろう、見せてやってくれ、と頼んでくれた。

コンドラチェフさんに、ゴーゴリの何に関心があるのかと聞かれたので、人形劇と作品の影響関係だ、ストラヴィンスキーの『ペトルーシカ』にはゴーゴリのペテルブルク小説《もの》が凝縮していると説明すると、そうかといって出してくれたのが、若い頃に描いたというゴーゴリの肖像画だった（図12）。

なんとコンドラチェフさんは、ゴーゴリが絵と文学に熱中したネージンで

図12（右）　コンドラチェフさんの描いたゴーゴリ
図13（左）　サーシャさん（左端）

生まれ育ち、ミンスクで絵の勉強したのだという。浮揚した感じが、「あれ、シャガールに少し似ていますね」というと、「そうだ、ヴィテプスク（シャガールが生まれた白ロシアの町）は、ネージンとミンスクの間にあって、あのあたりはこんな雰囲気なんだ」、と教えてくれた。

そうこうするうちに生徒さんたちがつぎつぎとやってきた。

「時間とお金があればいつでも生徒にしてやるよ、試験はない」、とのことだったので、最初はどんなことからはじめるのか、生徒さんのひとりにきいてみた。するとコンドラチェフさんが、「おい見せてやれ」、と昨年から通い出した高校生のリョーシャさんを促す。

リョーシャさんは、「これです」といってスケッチブックを開いて、アイロン、ランプそして石膏頭像と、練習した順に描いたものを見せてくれた。「こうやってレベルを上げていくのさ」とコンドラチェフさんが教えてくれた。

授業がはじまったのでその場に一緒にいたサーシャさんが、「私の作品を見せよう」と、隣の部屋に案内してくれた（図13）。

サーシャさんは五十代半ばで、コンドラチェフさんの一番弟子だ。カモメ、馬、熊、トナカイなど、動物をモチーフにした作品が多い。

図14　サーシャさんの作品

サーシャさんは、終始優しい笑みを絶やさず物静かに語る。

軍隊では騎馬兵隊に所属し、コーカサスやウラル地方など戦車が通れない険しい道を馬で行軍したそうだ。兵役が終わってワシーリィ島にある鉱山大学に入学したが、絵画への思い絶ちがたく、両親の反対を押し切って三十過ぎてから画家の道に入ったという。「生活は苦しいが自分に向いている、好きな仕事だ」そうだ。

サーシャさんの描いた動物を見ていて「青騎士」のマルクを思い出し、「そういえばカンディンスキーも、画家になったのは三十過ぎてからでしたね」というと、「そうだ、ウラルにカンダという川がある。そこにはたくさんの鳥がいて、自分の絵のモチーフのひとつになっている」と目を輝かせた（図14）。

僕も、カンディンスキーのロシアについて書いたことがあるので、興奮気味にいった。

「日本にもカンダという名前の川があって、『神の豊かな土地』とする説もあります」。すると優しい笑顔で物静かに語っていたサーシャさんが、「そうなのか！　それは見てみたい」と穏やかだった口調に力がこもった。

「カンダ」はカンディンスキーの由来になった名称で、カンディンスキーはタタールの血を誇りにしていた。

この時、薄暗くて狭苦しいアトリエに、江戸の下町とペテルブルクの下町コロムナを繋ぐ壮大なユーラシア神話がうまれたことは敢えていうまでもないだろう。

絵が好きで好きで、一途に描き続けている謙虚で熱い、修道士のようなサーシャさんは、なんと、長いこと血の上の救世主《スパース・ナ・クラヴィ》教会の補修の仕事に携わっていたという。

もっと話を聞きたかったが、すっかり夜も更けてきて、ガフールさんに引き上げようと促された。

14　ドストエフスキーの孫ドミートリィさん

ガガさんに「マサ」と、そしてジャンナさんには、呼びやすいという理由から「マーシャ」（女性の名前）と呼ばれるようになった頃、ガガさんに聞かれた。

「お前は何かロシア語で書いた物はあるか、あったら見せてみろ」

ジャーナリスト同盟に所属するガガさんは、小説やエッセイも手がけ、文芸誌「オーロラ」に記事が載る文筆家でもある。しかも詩情溢れる文章を書く。

ガガさんのエッセイ集『アパート8号室』の序文で詩人レフ・ローセフが、ガガさんの文章について、小説でもないしいわゆるメモワールの枠に収まるものでもない、あえていうならプーシキンが草稿に描き残したイラストだと評している。ガガさんが文字にした人生の断片の数々は、プーシキンが草稿の余白にさらさらっと絵にしたふとした思いや閃きと同じだというのである。

そんな文才に見てもらえるなら、これほど光栄なことはない。

『罪と罰』のエピローグについて書いたものがあったので、翌日さっそくメールにデータを添付した。

恥も外聞もないとはこのことである。

そうしたら、「ジーマと連絡がとれたから、見てもらうなり質問するなり、とにかく連絡するように」と電話をもらった。ジーマさんというのは、文豪ドストエフスキーのお孫さんのドミートリィさんのことだった。

これはまた大事《おおごと》になってしまった。

ガガさんと旧知の仲のドミートリィ・ドストエフスキーさんは、二度目の手術を終えて目下養生中だと聞いていた。ガガさんに確かめると、「自分もその後の容態が心配で連絡してみたんだ。そしたら今は健康状態が安定していて、問題ないとのことだった」

ドミートリィさんにおそるおそる電話を差し上げると、さっそく時間を作ってくれた。

最寄りの地下鉄駅は、赤の一号線「キーロフ工場駅」だった。ご自宅がコロムナの原点エカチェリンゴフに近かったのは、これもまたコロムナに呼ばれたのだろうかと思った（図1）。

お宅に伺うとすぐに書斎に通された。

図1　赤の1号線キーロフ工場駅。1955年開業

写真で拝見していた精悍なドミートリィさんの面影はなかったが、声には力と張りがあった。初対面だったにもかかわらず、ドミートリィさんは見ず知らずの日本人を、衒いも飾りもなく率直に受け入れてくれた。

書斎に入るなりドミートリィさんは、ちょっと見たいものがあるといってテレビのスイッチを入れた。その日、一月八日はフランス紙襲撃事件の翌日だった。

ニュースを見終わるとドミートリィさんは『悪霊』を話題にした。

ネチャーエフは今後もたくさんうまれるだろう、地下鉄サリン事件など日本の例も引き合いに出しながら、テロが起きるたびに『悪霊』の予言性には驚くといっていた。アンジェイ・ワイダの『悪霊』にも触れ、「ワイダは才能ある監督だが、作品がいまひとつだ。それはワイダがカトリックだからだ」という。

お疲れになってはと思い、僕はさっそく用意したエッセイを手元に置いて二、三お伺いしたいと切り出した。すると書いた物を見せなさいといって目を通しはじめた。顔から火が出そうなほど恥ずかしかった。

それは、酒に注目した『罪と罰』論で書きそびれたことをまとめたエッセイのようなものだった。

極貧の元学生ラスコーリニコフは、人類の歴史を振り返り、人間社会は、エリートかさもなくば凡人のいずれか二種類に大別されると結論する。自分はどちらだろう？　ナポレオンのように、大量殺戮を犯しても許される強者なのか、それとも常に強者に従う、しらみのような弱者なのか。

ラスコーリニコフは、万人の幸福のためなら、社会に有害な金貸し老婆ひとりを殺してもかまわない、自分にはその権利がある、と考える。この考えは、様々な偶然が重なって、まるで運命に導かれたかのように、現実のものとなる。

ラスコーリニコフの握った斧は老婆の頭を打ち砕いた。

間一髪、誰にも見られずに犯行現場を立ち去ったラスコーリニコフは、その後四日間意識不明の状態が続いた。

うわごとを聞いた予審判事のポルフィーリィが嫌疑をかける。質草、論文も状況証拠のひとつになる。ラスコーリニコフは、ポルフィーリィと闘い、妹ドゥーニャに言い寄る金持ちのルージンや好色なスヴィドリガイロフと闘い、さらに、酒場で知り合ったマルメラードフの娘ソーニャとも信仰をめぐって闘う。

ソーニャは、家族のために春をひさいでいるが、信仰心の篤い娘だった。どん底に落ちてなお尊厳を失わない高潔なソーニャを目の当たりにして、ラスコーリニコフの心は変化してゆく。

ソーニャに促されてラスコーリニコフは出頭し、罪を償うのだった。流刑先のシベリアには愛するソーニャの姿もあった。

『罪と罰』には、『酔いどれたち』といういったん反故になった別の構想が取り込まれている。そこで、まるで演歌のようだが、「酒・女・愛」をキーワードに物語を読んでいったところ、ドストエフスキーがウォッカとビールを対照していることが明らかになった。

図2（右）　ルサールカ（ヴルーベリ画）。不幸な死を遂げた若い娘と信じられていた。ふだんは水の中に住み、通りすがりの若者の命を奪う。『罪と罰』ではスヴィドリガイロフに復讐する
図3（左）　枝に腰掛ける陸のルサールカ。マーヴリナ画（プーシキン『入り江の畔』より）

さらに、肯定的にとらえられたビールが、年に一度陸にあがって豊穣をもたらすと信じられていたスラヴの女の水の精「ルサールカ」を呼び出し、信心深いソーニャの姿に重ねられていることもわかってきた。このソーニャが導き手となって、ラスコーリニコフは真の命の水が流れるエルサレムへと歩みはじめるのである。ここまではすでに拙著にまとめていた（図2）（図3）。

ドミートリィさんに見てもらったエッセイには、ラスコーリニコフが老婆殺害前に見た悪夢の中の「はるか遠くに見える小さな森」とはシベリアの森のことで、エピローグのラスコーリニコフはイコノスタス（聖堂内のイコンの壁）のデイシスと向き合っているのではないかということを書いた。

目を通しながらドミートリィさんは、「そういえばドストエフスキーはビールが好きだったよ、手紙にこんな一文があった」とか、ソーニャの緑のスカーフのことなど関連する事柄をいろいろとコメントしてくれた。

ドミートリィさんは、僕の稚拙な文章の細部にわたって赤を入れると「宗教的なアプローチは今後もまだまだ新たな作品解釈もたらすはずだ、論文になるよ」と励ましの言葉をくれた。

この時の大きな収穫は、ラスコーリニコフの悪夢にでてくるветла（白柳）がシベリアの植生で、「われわれのではない」とのコメントだった。論拠の

図4　ドストエフスキー家のブリヌィ

ひとつになる。

またガガさんに宝物をもらった。

ドミートリィさんの話を聞きながら僕はずっとドストエフスキー家の猫を撫でていた。黒猫の「ネコ」が、しきりに撫でろ撫でろとおでこで小突いてくるのである。撫でてやると、くねくねによろこんでぴったり体を寄せてくる。手を休めるとすぐにまた小突いてくる。この「ネコ」のおかげで少しばかり緊張が解けたのだった。

その後食堂に通され、テーブルクロスのように美しく焼き上がったブリヌィをごちそうになった。ベリーのジャムが数種類用意されていた（図4）。天使のようなふたりのお孫さんを前に頂いたブリヌィはまた格別の味だった。

この日はもうひとつ貴重な出会いがあった。

ドストエフスキーの作品に登場しそうな人物に出会えたのである。

ドミートリィさんに指示された地下鉄キーロフ工場駅で、僕と落ち合ってドミートリィさん宅まで案内してくれた人物は、会うなり自分はモスクワのアカデミーで働く心理学者だが、と手短に自己紹介を済ませると「あなたはフィロロジストか、専門はなんだ、今日はドミートリィさんに何をきくんだ」

と矢継ぎ早に質問を投げかけてきた。

余計なことはいっさい口にしない。にこりともしない。しかも、「あなたは都市と文学の関係というが、私にいわせればそんなものはない」ときわめてポレミックなのである。

こちらも、「では、『罪と罰』のペテルブルクは単なる舞台背景だというのか」と返すと言下に「そうだ」といい切る。実はもっと過激な発言もあったのだが、「ここだけの話だが」との前置きがあったので、ここには書かない。

ドストエフスキー家のかれはまるで家族同然で、食堂では、「こっちに坐れよ」とか、「遠慮しなくていいよ」などといいながらブリヌィを僕に勧める。

ブリヌィのジャムの好みでこれまた遠慮のないコメントがポンポン飛び出す。あるいは某ドストエフスキー研究者を「あれは魔女だよ」と辛辣に切り捨てる。しかもずっと喋りっぱなしだったのである。ドミートリィさんとのやりとりを聞いていると、しばしばドストエフスキー家の親類縁者を話題にしている。いったい何者なのだろう……

僕は、病み上がりといっても過言ではないドミートリィさんの体調に障ってはと思い、お礼を述べると早めに暇乞いをした。すると意外なことに、かれも帰るという。

ドストエフスキー家を出るやいなや、さっそくかれは、「それで、ドストエフスキーの都市とやらはわかったのか」と聞いてきた。地下鉄の駅までまたストレートなやりとりが続いた。「そもそも、神話というが、こうして街を歩いている自分はそれらしい気配すら感じない。ペテルブルクに神話などない」と蒸返す。

それに対してこちらも、「『青銅の騎士』でエヴゲーニィが騎馬像の台座の周りをまわるのは、あれは一八二四年の洪水を再現する儀礼だ、わかるか」と返すと、かれは「『青銅の騎士』は神話ではない、自分の『青銅の騎士』はこれだ」、といって歩きながら朗々とテクストの一節を読み上げはじめたのだった。すっかり暗唱しているのだろう。そして、「さあ、今の箇所にあなたのいう神話があるか」ときいてきた。

終始こんな調子であっという間に駅に着いた。

かれは、「地下鉄カードにチャージするけど待たなくていいよ、先に帰っていい」という。僕は、そうか、ここまでからんでくるのはきっと僕のことが好きなんだと思い、「待ってるよ」と返事した。スポルチーヴナヤ駅まで一緒になった。

かれもかれだが僕も僕だと思って自分でも少し可笑しくなった。

けれどもペテルブルクの地下鉄のあの轟音の中でかれの語ったペテルブルク論は一転して面白かった。

たとえば、レブロン（ピョートル大帝に重用されたフランス人建築家）の都市プランにあるような格子状の区画が今も見られるのは中央区の地下鉄チェルヌィシェフスカヤ駅のあたりだ（図5）、あそこは是非歩いてみたらいい、あるいはペトログラッキー島の聖亜使徒ウラジーミル公爵聖堂は一見に値する（図6）、佯狂女聖クセーニャの小礼拝堂のおかげでうちの息子はろくに勉強もせずに大学

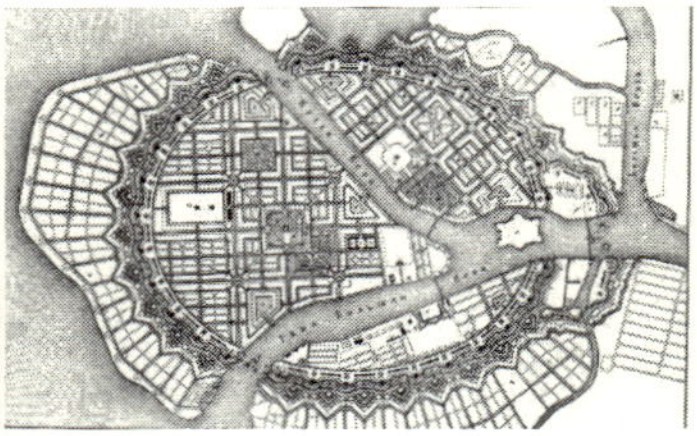

図5（右）　ピョートル大帝時代のフランス人建築家レブロンの都市設計図
図6（左）　亜使徒ウラジーミル公爵聖堂

に受かった、ペテルブルクは直線の通りに運河の曲線が絡んで神秘がうまれるなど……

「あれ、さっきそんなものはないって断言したよね」といいたくなったほどまるで別人だったのである。僕はイワン・カラマーゾフに出会ったのだ、と思ったほどだった。

あとで『ドストエフスキーの近親者たち』の著者ボグダーノフさんだとわかった。

*

この日、お疲れのはずのドミートリィさんが、何処の馬の骨だかわからぬ僕にわざわざ時間を作ってくれたもうひとつの理由は、ドストエフスキー研究の木下豊房さんとの信頼関係が築いた、日本への好感もあったと思う。

ドミートリィさんの話では、最初の手術の時、まだソビエト時代だったが、当時入手困難だった薬を、商社経由でわずか七日で入院先の病院に届けてくれたのが木下さんだったそうだ。

手術後ドミートリィさんが、木下さんに招かれて日本を訪れたとき、御礼のためにその商社を訪れたが、すでに当時の駐在員は退職していた。感謝の気持ちはいまだに一度も忘れたことがない、と繰り返していた。

図1（右）　まぶね。キリスト誕生の再現
図2（左）　ヴェルテプの箱舞台

15　ヴェルテプと神現祭

一月十九日の神現祭が近づいてきた。

ロシア美術館の隣にある民俗学博物館で念願のヴェルテプの実演を見ることができた。

キリストの誕生を人形で再現する「まぶね（飼馬桶）」はスラブ世界でも早くから行われていた（図1）。

ロシアやウクライナではヴェルテプ（洞）、ポーランドではショープカ（飼葉桶）、ベラルーシではバトレイカ（ベツレヘム）など、呼び名は様々だが、スラヴの降誕劇は、出前の岡持のように上下二段に仕切られた箱舞台で、異なるふたつの芝居が演じられるのが一般的特徴である（図2）。

観たのはアルハンゲリスク人形劇団のヴェルテプだった。

図3（右）　アルハンゲリスク人形劇場のヴェルテプの実演
図4（左）　ヴェルテプで使う棒人形（民族学博物館蔵）

プログラムは二部構成で、第一部はヘロデ大王の首落ちが見せ場になってからの、つまりすでにやや世俗化してからのヴェルテプだった。

死に神が手にした大きなカマがヘロデ大王の首に掛かると、見事に首が落ち、紐でぶらりと吊り下がった。思わず「おお」と声を出したら、前に坐っていた女性が笑顔を浮かべて振り向いた。棒人形の他に差し上げ人形も混じる芝居だったが、降誕祭の神秘的な雰囲気にひととき浸ることができた（図3）（図4）。

第二部は、下段を舞台に繰り広げられた現代風のドタバタ人形劇である。ロシアの伝統的人形芝居といわれるペトルーシカには、乱暴者のペトルーシカが棍棒の打擲で治療代を踏み倒したり、悪魔がペトルーシカを地獄に引きずり込んだり、シナリオにいくつかの紋切り型がある。人形遣いはそれらを即興で適宜組み替えたり、何か流行の話題を盛り込んだりしながら一回限りの芝居を演出するのが特徴である（図5）。

このとき見たドタバタ喜劇に、無銭飲食した主人公が悪魔に捕まるシーンがあった。かなり現代風にデフォルメされてはいたものの、ルーツを垣間見た思いがした。

プログラムは大人向けと銘打ってあったが、子供もたくさん来ていて、手風琴弾きを演じる役者とのやりとりを楽しんでいた。

また、木戸銭を入れる帽子が回ってきたり、皆でダンスを楽しんだり、観客と一緒になってその場を楽しむ民衆劇の特徴が上手に演出されていた。

会場でロシア・フォークロア研究の大家ネクルィロワ女史にふたたびお目にかかることができた。ネクルィロワさんは『ロシアの縁日』（平凡社）の著者である。お孫さんと一緒だった。

図5　ペトルーシカで使う指遣い人形（人形博物館蔵）

半年ぶりだったが覚えていてくれた。

「面白かった？」と声をかけてくれ、「はい、ずっと実演が観たかったので感激です」と返事した。

ネクルィロワさんには、ワガノワ・バレエ学校のガラヴィナさんの紹介で、二〇一四年の夏に科学アカデミーの「プーシキンの家」で貴重なお話を伺う機会を頂いたのだった。

一九四四年にレニングラードで生まれたネクルィロワさんは、小柄な方だが、熱のこもった話しぶりに終始圧倒されるばかりだった。

夏にお目にかかったときは、なぜ「都市のフォークロア」なのかうかがった。ネクルィロワさんが、伝統や旧習の残る僻地ではなく、都市の祝祭を研究対象にしているからである。

あのプロップに学んだネクルィロワさんは、学生の頃、さかんにフィールド調査を行い、膨大な量の資料を集めたそうだ。その結果、たとえば同じ趣旨の儀礼歌にしてもすでに地域ごとに異なっていることが明らかになった。

ペテルブルクという街は、そうした様々な文化的背景をもつ人々が、時には強制的に集められた特殊な都市だという。混沌とした文化のるつぼ、異種混交の世界から新しい都市の伝統文化がうまれた。そしてその都市文化がこんどは地方に逆流したということが、僕には極めて面白かった。

伝統とは未来のことで、保持されつつ変化を繰り返しながら伝わってゆくものだとネクルィロワさんはいう。

つまりペテルブルク文学にあらわれた伝統文化のレミニッセンスは、たとえばドストエフスキーのテクストにあらわれるルサールカ（女の水の精）のイメージにせよ、それは読み替えられた、言い換えられた伝統だということだ。

換言すると、ペテルブルクには「ペテルブルクのルサールカ」がいくつあらわれてもいいということになる。やはりペテルブルクは繰り返し神話を創造し続ける都市なのである。

民族学博物館の玄関で別れ際にネクルィロワさんに今は何をしているのかときかれ、「チェーホフの『大学生』で短い文章を用意しています。ペテルブルク大学で開催される学会の発表原稿です」というと、「それはいいわ、頑張ってね」と暖かい言葉をかけてくれた。静かな情熱を秘めた、まったく偉ぶるところのない学者で自ずと敬意が湧いてくるのだった。

図6（右）　ヨハネ門の「洗礼盤」
図7（左）　ヨハネ門と「洗礼盤」周辺。着替えのテントとステージ。炊き出しも用意された

＊

一月十九日は、ネヴァ川が「ヨルダン川」に変わる神現祭である。スヴャートキ（神聖なる日々）をしめくくる日だ。

正教徒は聖水に浸かり十字を切ること三回繰り返す。病は治り、罪は清められると信じられている。

岸辺のぶ厚い氷を切り出してネヴァに穴を開け「洗礼盤」が用意された。「洗礼盤」は市内二十二箇所に設けられ、お昼前後から晩の六時、七時頃まで、信者が文字通り、氷のような「ヨルダン川」で随時身を清められるようになっていた。

入水ポイントにも人気ランキングのようなものがあり、ペトロパーヴロフスク要塞のヨハネ門に近い「洗礼盤」に長い列ができていた。洗礼者の名にちなんだ門の側だからだろう。大きな「洗礼盤」の上にオニオン・ドームといわれる丸屋根が設けられ、イコンも用意されていた（図6）。

小雪ちらつく中、着替え用テントで衣服を脱いだ信者はつぎつぎと「洗礼盤」へ向かってゆく。そこにはウェットスーツを着用した警察官が待機している。

図8（右） エルミタージュ美術館のヨルダン階段
図9（左） 氷のネヴァで身を清める

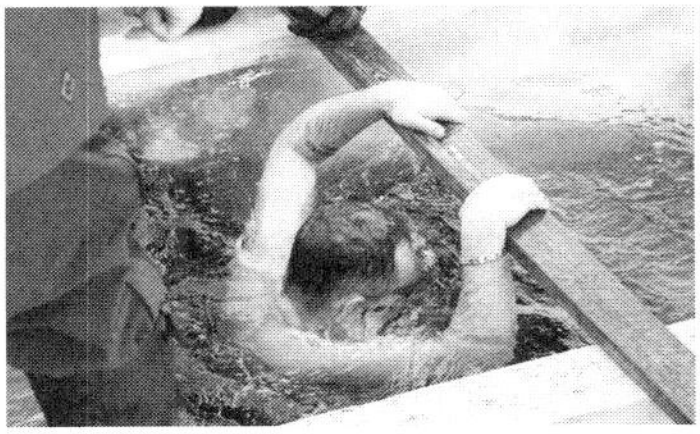

万一のために数台の救急車がスタンバイしていた。また、順番を待つ人たちに少しでも寒さを忘れてもらおうとの配慮だろう、ステージが設けられ、踊りや演奏が上演されていた。ステージの周辺では、温かい飲み物や、カーシャ（粥）などの炊き出しが振る舞われていた（図7）。

そうこうしている間も「洗礼盤」では信者がつぎつぎと罪を洗い清めていた。

かつて女帝や皇帝たちも、エルミタージュのヨルダン階段（大使の階段）を降りて（図8）、今日の日を迎えていたのだった、と思ってペトロパーヴロフスク要塞から対岸のエルミタージュのほうを眺めやると、ワシーリィ島の突端ストレルカでも救急車の青いランプが点滅している。

行ってみよう。

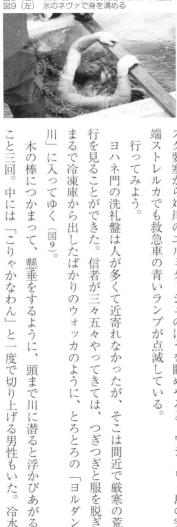

ヨハネ門の洗礼盤は人が多くて近寄れなかったが、そこは間近で厳寒の荒行を見ることができた。信者が三々五々やってきては、つぎつぎと服を脱ぎ、まるで冷凍庫から出したばかりのウォッカのように、とろとろの「ヨルダン川」に入ってゆく（図9）。

木の棒につかまって、懸垂をするように、頭まで川に潜ると浮かびあがること三回。中には「こりゃかなわん」と一度で切り上げる男性もいた。冷水

図10　ワシーリィ島ストレルカの「洗礼盤」で

からあがると全身から湯気が立ち、みるみる肌が赤くなる（図10）。

買い物ついでに立ち寄った感じの奥さんや、仕事を抜け出して来たお父さんもいた。水着姿で潜る、女子高生のような若い娘さんも。

二人連れの若者は、洗礼したのはひとりだけで、もうひとりはがたがた震える友達の勇姿を嬉々としてスマートフォンで撮っていた。

余裕の表情でダイヴした女性は、この日のために常日頃から準備しているのだろうか。罪は洗い流されてもその脂肪は……

そこには着替え用のテントが用意されていなかったので、信者は皆吹きさらしの中、タオルを巻いて着替えていた。

見ているだけでこちらまで凍えてくる。カメラを持つ手はかじかんで痛くなり、しまいに指の感覚がなくなってきた。

その晩ガガさんに、動画ファイルも添付してこの恐るべき宗教的儀式についてメールで報告したところ、翌日さっそく「面白いレポートをありがとう。電話待つ」との返信が届いた。電話すると体調良好とのことだったので夕方お邪魔することにした。

ところがスクヴァズニークを抜けてお宅の窓を見上げると、真っ暗で電気が点いていない。おやっと思ったら、背中で「マサ」と呼ぶ声がした。振り向くとガガさんが、戦闘機のパイロットが着用する、レザーの飛行帽をかぶって折り畳み椅子に腰掛けている。

一週間ぶりに散歩に出た、ジャンナさんが買い物から戻るのを待っているところだという。折り畳み椅子はそんなときのためにジャンナさんがあらかじめ用意しておいたに違いない。

あるとき買い物帰りのジャンナさんにばったり遭遇して、買い物袋の重さにびっくりしたことがある。主に食料品だったが、ジャンナさんもガガさんも食が細かったのでおそらくほとんどが来客用だったのだろう。重くて指がちぎれそうだというと、いつもこれくらいよと事もなげだった。

ガガさんが浮かない顔をしている。

聞くとジャンナさんがアパートの階段で足を滑らせ転倒したのだという。

悲鳴とともに大きな音がしたが、自分は膝が悪くてすぐに駆けつけられず、ただもう今まで一度も出したことのないような大声で「ジャンナ、ジャンナ」と何度も名前を呼び続けたのだそうだ。それが精一杯だったという。

階段のステップが所々欠けていたのは、暖房が入らなかった戦時中に、氷と一緒に削り落としてしまったのだそうだ。その欠けたステップで足を滑らせてしまったらしい。幸い足の打撲だけで頭は打たなかったが、目が片方弱っているので心配である。

ジャンナさんがあらわれた。

「平気よ、転んだことなんか忘れていたわ」という。

お家に入ってからもガガさんの顔から心配そうな表情は消えない。

全然平気といっていたジャンナさんが、足が痛いといって包帯を出してきた。ガガさんが救急車を呼ぼうというと、ただの転倒でこれまでだって何度もある、必要ないという。

僕が、息子さんのアリョーシャさんに電話で知らせたらどうだというと、心配するからぜったいに連絡するなとことん気丈である。

ジャンナさんにソファに腰掛けてもらって包帯を巻くのを手伝った。

「ロシアは階段で転んで怪我をしても自己責任よ、アジア的ね」、そしていつもの口癖「ロシア人は不幸な民族だわ」がはじまった。

16　ガガさんとの別れ

一月二十二日、ガガさんが入院した。その日の早朝まだ六時前に携帯電話が鳴った。取ると切れた。二度目の電話は、「もしもし」とこちらが応答しても相手は無言のままだった。三度目は、聞き覚えのない女性の声で「失礼ですが電話をくださいましたか」と聞いてきた。事務的な口調だった。「いいえ」と応えるとすぐに切れた。

間違い電話だろうと思ってまた睡眠をとった。

起きてから確認するとガガさんの番号だった。

電話をかけると、今病院だという。詳細はジャンナさんに聞いてくれとのことだった。ジャンナさんに電話すると、ガガさんが転んで怪我をしたので救急車を呼んだのだという。いまから病院に行くというと、治療や入院準備があるから明日待ち合わせて一緒に行きましょうということになった。

ところがまた予定が変更になり、結局、教えてもらった病院に見舞いに行ったのは翌々日のお昼になった。

外科病棟だった。病室の前の廊下で、ガガさんとジャンナさんがベンチに坐っておしゃべりをしていた。

顚末はこうだった。

グリーン・ピースの缶詰を開けたときにうっかり親指の付け根あたりを五センチ近く切ってしまった。大量の出血に驚いてすぐに救急車を呼んだ。治療に当たった医者に、掌の傷よりも肺の水を抜かないと命取りになるといわれ、直ちに処置してもらったのだそうだ。

ガガさんは、水を抜くときはさすがに痛かったが「今は楽になったよ」と以前よりも元気そうで、表情も晴れ晴れしていた。

ジャンナさんも、「ここは食事も医者も良いし、何より話し相手がたくさんいるのでガガは気に入っているの」と一安心した様子だった。

なるほど病室のベッドに移ったガガさんは、日本語がわかる男と知り合ったから今度紹介しよう、隣の若いのは喧嘩で運ばれてきたんだ、昨夜は、こっちのベッドの若者と意気投合し、深夜二時まで話し込んだと嬉々としていた。

「『アパート8号室』のつぎは『病室32号室』ですね」と冗談をいうと笑っていた。

日本で翻訳出版予定のエッセイ集『アパート8号室』のための挿画も間に合ったとほっとした表

図1（右）　マリインスキー病院
図2（左）　マヤコフスキーの首像

情を浮かべていた。

　入院先はリティナヤ大通りのマリインスキー病院だった（図1）。

　この病院をしばしば見に来たのが、かのドストエフスキーだった。というのも設計が、モスクワのマリインスキー病院と同じジャコモ・クワレンギだったのである。

　父ミハイルがモスクワのマリインスキー病院の医師で、病院の官舎で生まれた文豪は、昔を懐かしんだのである。

　また、病院敷地の東側はマヤコフスキー通りに接し、一ブロック北の角にはマヤコフスキーの大きな首像がある（図2）。ガガさんに因んだ作家と詩人が見まもってくれているような病院だったのでなんとなくほっとした。

　ジャンナさんが、替えのタオルなど、必要な物を取りにいったん帰宅した。

　天井の高い、だだっ広い病室にはベッドが十五床ほどあったが、入院中の患者さんは八人だった。皆普段着姿で、天井から足を吊っている患者さんもいた。それぞれのベッドにカーテンなどはなく、食事は病室中央にある八人掛けのテーブルを、患者が多い時には交代で囲むのだという。

　お茶にしようということになって、患者さんたち――技師のサーシャさんや通信士のヴォロージャさん――といっしょにテーブルを囲んだ。僕にはよくわからなかったが、飛行機の構造やらモールス信号の話に花が咲いていた。

そこに、スケッチブックとお菓子を下げて見舞いにやって来たガフールさんも加わった。ガガさんは、もっとおしゃべりを楽しんでいたい様子だったが、体力を消耗してはいけないので、頼まれていた書評の翻訳をもってまた来るといって辞した。

書評というのは、インターネット・サイトに公開されていた、ゾーシチェンコの『俺の履歴書』(群像社)のレヴューのことで、ガガさんから、自分はむしろ普通の読者の声が聞きたいと、翻訳を頼まれていたのである。


一月二十九日午後、プリントアウトした書評の翻訳を届けに病院に行った。

病室に入るとガガさんのベッドが空だった。

誰かに尋ねようと思ったら、いっしょにお茶の時間を楽しんだ技師のサーシャさんがあらわれ、ガガさんは病室がかわって目下面会謝絶だと教えてくれた。

僕は吃驚して何があったのか尋ねた。

お茶の日の翌日息子さんのアリョーシャさんが見舞いに来て、その晩からガガさんの意識が戻らなくなった、何が原因なのか自分にはよくわからないという。

翻訳は、夕方遅くにジャンナさんが来るはずだから自分があずかって渡してもいいといってくれた。お願いすることにした。

翌三十日、病院に到着してからジャンナさんに電話すると、病室がまたかわり、今どこの病室にいるのかすぐにはわからないとのことだった。きっとつききりなのだろう。
すると電話越しにガガさんの弱々しい声が途切れ途切れに聞こえた。昏睡状態だったガガさんが四日ぶりに意識を回復したのだ。

この日は、病院に行くのにいつもの地下鉄ワシーリィ島駅ではなく、トゥーチコフ橋を渡ってペトログラツキー島のスポルチーヴナヤ駅を利用した。

駅に向かう途中、アパート近くのエカチェリーナ教会の裏手に、両手で十字架を抱えた、三メートルくらいの高さの天使像が佇んでいたのではっとした（図3）。天使は十字架にすがっているようにも見えた。おそらく何かの理由でドームから降ろされ、無造作にそこに置かれていただけのことだったのだろう。

図3　ワシーリィ島エカチェリーナ教会の天使像

あとでガガさんの意識が戻ったとわかったとき、すぐにその天使像のことを思い出し、何かの暗示だと思った。というのもガガさんから聞いていた初夢の話と重なったからである。

ガガさんによると、吊り橋を歩いていたら足下が傾きはじめ、ずるずると滑り落ちそうになった。すると上から何かが降りてきてそれにしがみついた、おかげで落ちずにすんだというのである。いっしょにこの話を聞いていたジャンナさんもお友達のアーニャさんも、それはいい夢だと口をそろえていった。

僕は電話の向こうでガガさんの声が聞こえたとき、そうかあの天使は、ガガさんが戻ってきたことを知らせてくれたのかと思ったのである。その日は少し安心して「また出直します」といって電話を切った。

翌日、ジャンナさんに電話すると電話の向こうで苦しそうに咳をしているガガさんの声が聞こえた。ジャンナさんによると、食事を摂っていないし三時間程しか寝ていないが、少しましになったとのことだった。「ガガが書評の翻訳を喜んでいたわ。日本の知人たちにガガは快方に向かっているとつたえてちょうだい」と頼まれた。

ところが三日後の二月三日、ガガさんが亡くなったことを日本からのメールで知ったのだった。まさかと思った。前日の電話でもまた少し良くなったと聞いたばかりだったからだ。

あまりにも突然である。一月二十一日に入院して二週間とたってない。信じられない思いでジャンナさんに電話した。「三日になくなりました。私も信じられません。あんなに明るい人が……」あとは言葉にならなかった。

肺水腫の感染予防に使った薬が強すぎたのが原因らしい。

二月六日、ロシア語でメチェリという、吹雪のひとつだが、風はさほど激しくない日にガガさんの告別式と埋葬が執り行われた。

告別式は「ペテルブルクの佯狂女聖クセーニャの祭り」と重なったために、当初予定していたスモレンスク墓地ではなく、ご自宅の目と鼻の先にあるニコーリスキィ聖堂で行われた。

ニコーリスキィ聖堂あるいはニコラ・モルスコイの名で親しまれている「奇蹟者聖ニコライ神現海運聖堂」には、日本海海戦の戦没者が祀られ、隣接する公園には石碑もある。

エリザヴェータ・バロックの水色と白の聖堂は、晴れた日には黄金色のドームと十字架が、眩しいほどきらきらと輝き、近くにあるペパーミント・グリーンのマリインスキー劇場とともに、コロムナ地区のアクセントになっている。

ガガさんの告別式がペテルブルクの守護聖人である聖クセーニャの祭りと重なり、ガガさんが生まれ育ったコロムナにある、ニコーリスキィ聖堂で行われたのは偶然だろうか。

入院先がマリインスキー病院だったのを喜んでいたガガさんは、病院の名前が自宅のあるコロムナの劇場と同じなのは、同じ頃に建てられたからだと思い込んでいた。そしてそのことを嬉しそうに僕に教えてくれた。一日も早く家に帰りたかったに違いない。きっと願いがペテルブルクの聖クセーニャに届いたのだろう。

図4　ニコーリスキィ聖堂での葬式

ガガさんが目の前の棺の中にいる（図4）。

縁者や友人、知人が、つぎつぎと故人に別れを告げにやってきた。

参列者は全体に暗めの服装だったが、ジーンズ姿もいれば赤や紫のジャケットも混じっていた。

ジャンナさんが時々亡骸にすがり、何度も手のひらで顔を撫で、「ガーガチカ、ガーガチカ」と声をかけては接吻を繰り返していた。

僕もお花を手向け、手を合わせた。

ロシア正教の葬儀だが、自然に頭が下がり、手を合わせてしまう。

故人の生前の生い立ちと業績が読み上げられると、司祭があらわれて式がはじまった。隣にもうひとつご遺体が並べられ、ウラジーミルさんとゲオルギーさん（ガガさん）の魂は、ともに神の子として祝福を受けた。

福音書の朗誦は歌のように美しく、聖歌隊の声もまた神々しかった。

香が焚かれ、あたりは芳しい香りにつつまれた。

青白い煙が雲のようにふわふわとたゆたい、参列者は蝋燭を手にして故人の死を悼んだ。式の途中で十字を切り、頭を下げると手元の小さい炎も悲しげにゆれる。

一時間以上続いた祈りは、司教の説教で締めくくられた。

参列者は、それぞれ蝋燭の燃えさしを燭台の前に置かれたお皿のような蝋燭立てに立てると、順番に棺に歩み寄り、故人に別れを告げた。

お顔を撫でたり、額に接吻したり、頬をさすったり、あるいは棺の縁をぎゅっと握る人もいた。

図5（右）　ガガさんのお墓
図6（左）　聖クセーニャの祭り。延々と続く列

出棺である。

ご遺体はバスでスモレンスク墓地に向かった。

埋葬式には遺族と希望者が参加した。

一面真っ白な墓地は、そこだけ土が剥き出しになり、深い穴が掘られていた。最後のお別れである。

埋葬の祈りをあげた司祭が、聖クセーニャの祭りの日にこうして神に召されるのは良き魂にほかならない、自分も故人の著作を読んだが、そこには善良な魂が描かれていたと語気を強めて結んだ。

見るからに屈強な墓守たちが棺を墓穴におろすと、綿帽子を被って白い小山のようになっていた唐檜《とうひ》の枝がまずかぶせられ、その上に土が盛られていった。

墓石には蝋燭が並べられ、盛り土は花束でお化粧された（図5）。

降りしきる雪の中、聖クセーニャの小聖堂に詣でる人々の列は延々と続いて最後が見えないほどだった。ガガさんの埋葬式は十五時過ぎに終わったが、小礼拝堂への列は短くなる気配すらなかった。ガガさんは本当に寂しがり屋だったのだとまた思った（図6）。

埋葬式の後、ボリシャヤ・モルスカヤ通りにある芸術家同盟の「空色の客

間」で追善供養が行われた。

17　追善供養

ロシアでは死者の魂は死後九日目まで私たちの中にいて、四十日目まで地上にいると信じられている。

四十日目までウォッカを注いだグラスにパンをのせて部屋に置いておく。ウォッカが減ったのは故人が飲みに来たのである。

九日目と四十日目には親しい縁者が集まって追善供養を行う。

九日目にあたる二月十二日、僕は公共図書館で日本文学の話をした。

重なったのは偶然だろうか。

＊

ペテルブルクの日ロ交流推進団体には、たとえば「日ロ友好協会」、「日本センター」、「ひまわり」、「銀杏の友」、「ペテルブルクと日本」などがある。

四十年以上の歴史がある「日ロ友好協会」は、ウェブ・サイトに残る記録を見ると二〇〇五年に大阪の乙女文楽を招いている。当時吉田光子さんのもとで修行していたクセーニャ・ガラヴィナさんが、勤務先の「ロシア語特別講義」で乙女文楽の、奥深い魅力的な世界を披露してくれたことを懐かしく思い出した。

「日本センター」は日ロ経済を促進する人材育成組織で、ペテルブルクには二〇〇一年に開設され、無償でロシア語講座を提供している。

また、池坊ロシアCIS支部「ひまわり」と公開講座「日本の花ごよみ」がそれぞれ生け花と茶道の普及活動を行っている。

ほかにも日ロ文化交流を熱心に進めている魅力的なグループがある。いずれもSNS（ソーシャル・ネットワーキング・サービス）を母体にしていて、自由にやっている感じがいい。

そのひとつ「銀杏の友」は、レクチャーや生け花の実演など、司書のイリーナさんを中心に図書館の多目的室を使用して「フストレーチャ（出会い）」という様々なイベントを行っている。

会場となった図書館は、蜂起広場と大コンサート・ホールに挟まれた第三ソビエツカヤ通り八番の「プーシキン名称海外児童文学図書館分館」だった。

年が明けてそこで「画家と翻訳者から見た宮沢賢治の世界」というレクチャーがあることをタチ

ヤーナさんに教えてもらった。

このレクチャーは、宮沢賢治の童話の訳者エカチェリーナ・リャボーワさんと、訳書に挿絵を描いた妹さんの画家ダーリャさんが、それぞれの立場から賢治の人と作品について触れた興味深い企画だった。

このとき賢治の物語の色について気づかされ、賢治最後の十五年は極楽浄土の創造だったのかもしれないと、感想をロシア最大のＳＮＳであるＶＫ（フ・コンタクチェ）に投稿した。すると数日後に、現代日本文学について何か話をしてもらえないかと依頼が来たのである。

非力ながら交流のお手伝いができればと思ったが、帰国も近づいていたし学会発表の原稿作成もあったので、ロシア語での講演には準備の余裕がない。

何より生半可なロシア語で、たとえば「純文学」や「言文一致」の話をしたらそれだけで時間がなくなってしまいそうだ。そうしたら、宮沢賢治のレクチャーの講師カーチャさんが、通訳を買って出てくれた。

国費留学生として日本に留学経験のあるカーチャさんは、ふだんは地元日系企業の日本語通訳をしているが、すでに村上春樹、村上龍そして古川日出男などの翻訳をいくつも手がけている。また、東洋学院で日本文学を担当した経験もある若手ジャパノロジストである。大船に乗った気分で「現代日本文学の特徴と二葉亭四迷の翻訳の影響」という話をさせてもらった。

パワーポイントのスライド作成でお世話になったのが、ガフールさんにもらったグリゴーエワの国木田独歩論『孤独な漂泊者』だった。一九六七年の出版だが、外国語で書かれた独歩のモノグラフとしては世界的にも珍しい労作だと思う。二葉亭の評論「余が翻訳の標準」なども紹介されていて、大いに助かった。

グリゴーエワで補えなかった、たとえば独歩の『忘れえぬ人びと』からの引用などは、カーチャさんに翻訳してもらったが、リズムにも配慮し、主人公の高揚感が伝わるすばらしい訳文だった。

講演は、まるでガガさんもそこにいるような、とても楽しい雰囲気のうちに終了した。ウォッカこそなかったものの、僕はこれをもってガガさんの九日目の追善供養とした（図1）。

図1　カーチャさん（中央）とコーディネーターのイーラさん

＊

マースレニッツァが終わって二月末、ネヴァ川に張っていた氷が融けはじめた。

結局、楽しみにしていたネヴァ川の氷上横断は暖冬の影響で叶わなかったが、ブラゴヴェシチェンスキー（シュミット大尉）橋からネヴァの流れを見ているうちに、ガガさんの初夢のお告げが解けたような気がした。

夢にドーミエ本人があらわれて『洗濯女』の記念碑を建てるようお告げのあったガガさんである。

スラヴの神話では人は死ぬと橋を渡る。橋から落ちるとそこは炎の川つまり地獄だ。ガガさんは吊り橋から落ちなかった。上からするすると降りてきたものにつかまった。それは天国に昇る暗示だったのだ。

だから初夢を語るガガさんの表情は、周りが良い夢だと口をそろえていったときも固いままだったのである。エカチェリーナ教会の裏手であの日見た、すがるように十字架をかかえて佇む天使は、「マサ、天に昇るからな」とガガさんが教えてくれたのだ。魂は天に昇り、肉体は土に帰った。やはり初夢は正夢だったのである。

図2　エリヤスベルクとショスタコーヴィチ

三月十一日にペテルブルク大学で学会発表を終えた。

フォードロフスキー大聖堂のアレクセイ司教に裏付けをもらった「二端の鎖」のことを書き加え、カーチャさんに原稿のネィティヴ・チェックをお願いした。フロアから、読みは正しいので一九二〇年代から三〇年代の宗教思想家の著作で補強したらよいとのアドバイスをもらった。

三月十五日がガガさんの命日から四十日目で、ガガさんがこの地上を離れて天に昇る日である。

親しい画家仲間は、前日の十四日の晩からガガさんのお宅に集い、供養の夕べを開いた。

図3（右） フィルハーモニー大ホール
図4（左） ストプカスタイルのワンカップ仕様ウオッカ

僕はガガさんからすすめられていた、ペテルブルクの三つの見所の最後、フィルハーモニー大ホールに行った。エリヤスベルクがショスタコーヴィチの交響曲七番『レニングラード』を演奏したホールである（図2）。

ガガさんにとっては、ゲオルク・ショルティとの想い出の場所でもある。

この日の演目はラフマニノフのヴォカリーズ、ピアノコンチェルト二番そしてブラームスの交響曲第一番だった。そういえばショルティには、シカゴ交響楽団とのブラームス全集があった（図3）。

ブラームスは熱くて力強く、演奏中僕はずっとガガさんの作品『ペテルブルクのショルティ』を思い出していた。

帰宅してから、ウォッカを注いで四十日間置いておいた「ワンカップ」仕様のストプカに乾杯した（図4）。

翌十五日は春を思わせるのどかな日になった。

午前中にコロムナを散歩した。

ガガさんのビデオに映っていた床屋や中華料理店、運河沿いの家並みを見て回った。

気品漂うイシドール教会はその日も素敵だったし、ニコーリスキィ聖堂も黄金色のドームが輝きを放っていた。

けれども景色がどこか虚ろだったのは、きっとガガさんがもうそこにいなかったからだろう。

映画『送りびと』に、死は門だ、という台詞があったが、ガガさんは天国で新しい絵を描いているに違いない。そして懐かしい人たちとの再会を喜んでいるに違いない。

図1（右） ピカロフ橋
図2（左） カーシン橋とトルゴーヴィ橋

18　水の十字架

帰国が近づいてきたのでお世話になったジャンナさんに何度か電話を差し上げた。お目にかかってひとことお礼がいいたい。

けれども毎回電話口で泣き崩れ、いたたまれない気持ちになった。

家で会うといろいろ思い出すことがあってつらいので、どこか外で会いましょうと気丈にこたえてくれたこともあった。でも結局つぎに僕がペテルブルクを訪れたときに再会することにした。

「そうね、そのときなら少し楽になっているかも知れない」

あんなに大きくて優しくて陽気で子供みたいに純粋な心を持ち続けたひとを失った悲しみを、いったい誰が推し量れよう。

図3（右）　スタロ・ニコーリスキィ橋とスメージュヌィ橋
図4（左）　クラスノグヴァルジェイスキィ橋とノヴォ・ニコーリスキィ橋

日本に発つ前日、ペテルブルクにまた寒が戻り、ネヴァが氷で覆われはじめた。

コロムナのピカロフ橋に出かけた（図1）。

ペテルブルクには願い事が叶うといわれる場所がたくさんある。新エルミタージュ入口のアトラスの足、ペトロパーヴロフスク要塞のウサギ、エリセーエフの店のネコ、街灯点灯夫の足など……

ピカロフ橋もそのひとつでガガさんのお宅の目と鼻の先にある。

グリボエードフ運河とクリューコフ運河が交わる運河の交差点には、クラスノグヴァルヂェイスキィ橋、スタロ・ニコーリスキィ橋、そしてピカロフ橋と三つの橋が運河をまたいでいる。

イシドール教会を背にしてピカロフ橋に佇み、クリューコフ運河の左手、マリインスキー劇場の方を見るとカーシン橋とトルゴーヴィ橋が（図2）、いっぽう右手にはスタロ・ニコーリスキィ橋とスメージュヌィ橋が望める（図3）。目の前にはグリボエードフ運河にかかるクラスノグヴァルヂェイスキィ橋があって、その奥にノヴォ・ニコーリスキィ橋が顔をのぞかせている（図4）。振り返るとイシドール教会の袂にモギリョフ橋が見える（図5）。

これら七つの橋を数えて願い事をするのが、「七つ橋」といわれるペテル

図5（右）　イシドール教会とモギリョフ橋
図6（左）　イリヤ・グラズノフ『白夜』

ブルクの願掛けである。

ペテルブルクっ子はこの橋が大好きだという。

そこに立つと心が清められるような気持ちになるそうだ。まるで水の十字架のように見えるからだ。

『罪と罰』で数字の七と十字路に深い意味を込めたドストエフスキーもこのあたりをよく散歩している。何度となく水の十字架を見つめたことだろう（図6）。

ガガさんとの出会いもコロムナとドストエフスキーにはじまったのだった。

ピカロフ橋に佇み、橋を七つ数えて、今はジャンナさんが独りぼっちで悲しみに耐えているお家のほうを眺めた。

そしてひとつ願い事をしてペテルブルクを後にした。

あとがき

「まえがき」にも書いたが、ロシア文学はペテルブルクとともに誕生したといわれる。素直な質なので、ペテルブルクの物語を少しずつ読んできた——ロシア文学がわかるようになるかもしれない。

在外研究出発前に十年ほどかけた下調べを一冊の本にまとめ（『ペテルブルク・ロシア　文学都市の神話学』未知谷、二〇一四年）、そこに書いたことを現地で確かめてみようと思った。思い上がったものである。

肝心のコロムナがすっぽり抜け落ちていた。

「仏つくって魂入れず」とはこのことである。

「忘れ物ですよ」と「魂」のほうから追いかけてきた。

どういうことかというと、コロムナに吸い寄せられていた感があったのである。

これは出国前もペテルブルク到着後も、まったく気づかなかったことだ。最初の落ち着き先が、デカブリスト通りに面したブロークの家博物館と同じ屋根の下の学生下宿だった（図1）。

詩人ブロークが最晩年を過ごした住宅の建物には、ほかにテノール歌手のエルショフ、詩人I・アンネンスキー、哲学者のソロヴィヨフが住んでいたことがある。リアリズム絵画の巨匠レーピンも居を構え、カリンキン橋近くのアトリエとの間をいったり来たりしていた。

下宿の部屋の窓の下を流れる小川は、一八二四年の大洪水の直後、作家グリボエードフがネヴァの様子を見るために迂回してきたプリャーシキ川だった。

図1　ブロークの家博物館のある下宿の建物

対岸の空き地に目をやるとホームレスの姿がある。デカブリスト通りに出ると、物売りが寄ってくる。道端でつぶれている酔っぱらいを目にしたのも二度や三度ではなかったし、ゴミ箱を漁る人もしばしば見かけた。

そのいっぽうで、歩いて十分もかからない場所にマリインスキー劇場があり、毎晩のようにバレエやオペラやコンサートで華やいでいた。

カトリック教会も、プロテスタント教会も、正教会も、シナゴーグも活動している。

この混沌こそ土地の特色だとはつゆ知らず、不可能なミッションを遂行しはじめたのだった。

出国前にゴーゴリ研究の友人から、『外套』の主人公アカーキィ・アカーキエヴィチが外套を盗まれた広場を特定せよ、との命を託されていたのである。

これはトム・クルーズも歯が立たない難題である。

テクストには、「かろうじて反対側の家々が見えるはてなき広場」とあるだけなのだ。

アカーキィが化けて出た橋の名のほうは「カリンキン」と明記されている。

とにかく橋を起点に犬のように探してみることにした。

橋まで歩いて十分もかからなかった。歩き回っているうちに一帯がコロムナと呼ばれる古い下町だということがだんだんわかってきた。

カリンキン橋の袂に煉瓦の大きな建物がある。昔の消防署でその前に小さな公園が扇状に広がっている。画家のアトリエがあったことから今はレーピン広場と呼ばれているが、昔はカリンキン広場と呼ばれていたことがわかった。

うん、この広場だろうと目星をつけ、調査終了とした。

その後ワシーリィ島に引っ越してコロムナを離れたが、新事実が発覚した。

問題の広場はポクロフスキー（現ツルゲーネフ）広場で、研究者の間ではすでに常識だという。調査が再開された。

サドーワヤ通りの一部を占めるポクロフスキー広場は、陸上競技場のトラックのような形の大きな公園になっていて、外周を路面電車が迂回している。

公園中央には、かつて広場にあったポクロフスキー教会を記念する碑が建っていた。カリンキン橋も見えるし、二〇〇三年に発見された、プーシキンの最初のペテルブルクの家も近い。これでめでたく調査終了となりコロムナをまた離れた。

ところがその後ガガさんと知り合って、再びコロムナに、しかも毎週のように足を運ぶことになったのである。

これほどコロムナに縁があるのはなぜだろう。

ガガさんから、コロムナが文学的にも重要な場所だと教えてもらったこともあって、文学のコロムナについて少し意識的に考えてみることにした。

プーシキンも、ゴーゴリも、ドストエフスキーもコロムナの物語を書いている。

共通しているのは「広場と笑い」である。

まずはロシア文学を創った国民詩人プーシキン。

この町の創造主の騎馬像――ピョートル一世記念像に、西欧を目指す首長と後ろ足でむりやり立たされたロシアとの闘争を読み取ったプーシキンは、闘争がもたらした悲劇的事実《イースチナ》を再認させる神話『青銅の騎士』をうんだ。婚約者を洪水に奪われたコロムナの小役人エヴゲーニィは、ショックのあまりからからと笑いだし、元凶を讃える騎馬像の広場で儀礼を開始するのだった。

ゴーゴリの『外套』の主人公アカーキィも、広場の出来事が契機になって権力者に挑む異界の存在に変貌する。

「うわっぱり《カポート》」と呼ばれていた古女房のような外套を、新調した外套といっしょに笑ったアカーキィは、つまり自分の分身を、かつて自分を笑った役所の同僚と同じように笑ったアカーキィは、コロムナの広場で強盗に新しい外套を奪われ、「うわっぱり」に笑い返される立場に転落してしまう。それればかりか居丈高な長官に痛罵され、死に追いやられてしまうのだった。だがアカーキィは、その後幽霊となって自分を笑い飛ばした相手に復讐を果たす。

コロムナの広場と笑いが転機となるのは『罪と罰』のドストエフスキーも同じである。老婆殺しの凶器となった斧の、刃を自らに向けて象徴的自殺を遂げた殺人者ラスコーリニコフは、センナーヤ広場の十字路に倒れて大地に接吻し、罵詈と嘲笑の中、新しいエルサレムに向かって歩みはじめるのだった。

では、三人の作家に共通する「広場と笑い」はコロムナとどう関係しているのだろう。

プーシキンの『コロムナの家』がヒントになる。

コロムナに、年老いた後家さんと美しい娘パラーシャが住んでいた。料理女が亡くなり、マーヴラという背の高い料理女が新たに雇い入れられた。

ある日、歯が痛いというマーヴラをひとり残し、後家さんとパラーシャはポクロフスキー広場のポクロフスキー教会にいつものようにお祈りに出かけた。

ところが教会でお祈りをあげている最中に後家さんは胸騒ぎを覚える。マーヴラが信用できなくなったのである。パラーシャを残して一足先に帰宅した後家さんが見たものは、鏡の前で髭を剃る

図2（右）　マコフスキー『海軍省前広場のマースレニッツァの縁日』
図3（左）　ポクロフスキー広場と教会

マーヴラの姿だった。

ここには男が女装するカーニヴァルの「あべこべの笑い」がある。そして教会がある。「あべこべの笑い」――笑う者も笑われる――は、祝日や市で行われるロシアの縁日《グリャーニエ》の原理である。市が立ち、人が集まると、信心深い人々の国ロシアでは教会が建てられた。

『コロムナの家』は、教会と市場の縁日が暗示するロシアの伝統的な広場を舞台にしているのである。

『コロムナの家』に続く『青銅の騎士』の元老院広場にも、イサーク聖堂と、縁日のメッカだった海軍省広場（アレクサンドロフスキー公園）が隣接している（図2）。

そしてゴーゴリのコロムナにも、ドストエフスキーのコロムナにもやはり同じふたつの要素がある。

『外套』の広場にはポクロフスキー教会（生神女庇護教会）があり、市が立った（図3）。

『罪と罰』の広場にはスパース・ナ・セノーイ教会（生神女就寝教会）があり、やはり市が立った（図4）。

「あべこべの笑い」が俗世界の反転だとすれば、教会では天と地が入れ替

図4（右）　センナーヤ広場と教会
図5（左）　1840年代のペテルブルクの地図

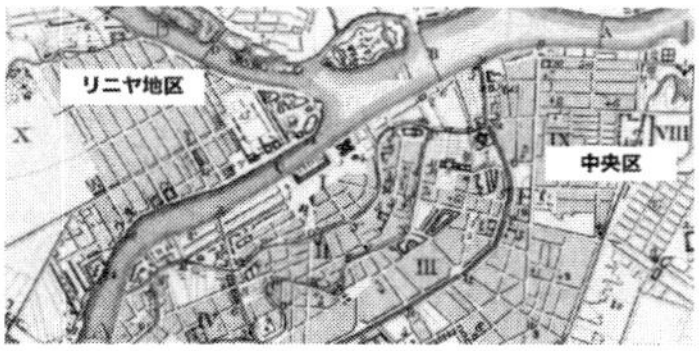

わる。

ゴーゴリの笑いは「縁日の笑い」で、俗な世界に傾いている。

ドストエフスキーの笑いは「追善供養の笑い」で、聖なる世界に傾いている。大地に接吻するラスコーリニコフを民衆が笑い、それを見ていたほろ酔い加減の町人が、あれはエルサレムに行くのだと、民衆の笑いの意味を明らかにしてくれている。

けれどもペテルブルクには、まだほかにもまだ市が立ち教会のある広場がある。

なぜコロムナなのか。

三人ともコロムナに、聖も俗も、反転させる力を感じ取ったからだろう。

僕はドミートリー・ドストエフスキーさんを訪れたときに出会ったボグダーノフさんの言葉を思い出した。「ペテルブルクは直線の通りに運河の曲線が絡んで神秘がうまれる」

コロムナは、ピョートル大帝がオランダを手本に整然と開発した地区とは趣が違う。つまり、ワシーリィ島のリニヤ地区や、中央区の地下鉄チェルヌィシェフスカヤ駅周辺のような、長方形のブロックに一定の高さの立方体が整然と立ち並ぶ地区とは大きく違うのである（図5）。

図6（右）　グリボエードフ運河の蛇行
図7（左）　銀行橋のグリフィン

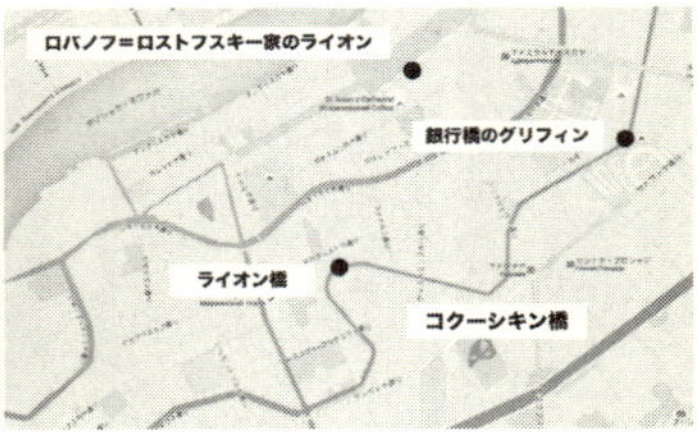

違いをもたらしているのは、コロムナを貫くグリボエードフ運河の曲線だ。ネフスキー大通りと直交するグリボエードフ運河は、グリフィンが座る銀行橋からゆっくりと蛇行がはじまり、セナーヤ橋とコクーシキン橋のあたりで一度大きくうねり、ライオン橋で屈曲してコロムナの中心へと向かう（図6）（図7）（図8）。

グリフィンも元型はライオンである。ピョートル大帝の邪神像に挑む『青銅の騎士』のエヴゲーニィが、洪水の最中にライオン像にまたがり一体化するのは、ライオンが洪水の前触れとなる神話獣あるいは水の象徴だからである（図9）。

つまりロバノフ＝ロストフスキー家のライオンと、銀行橋のグリフィンそしてライオン橋のライオンは神話的水路で繋がっていて、コロムナの住人の無念と怒りは環流し続けているのである（図10）（図11）。すると高さが不均等な低層の建物の影を写し取った運河の曲線が、長方形の区画を撹乱・侵略し、立方体の秩序に挑む叛徒の意力に転換される。もとは河川だった曲線（自然）が直線（人工）に挑むのだ。

われわれはその意力の発出を、たとえばアンドレイ・ベールイの小説『ペ

図8（右）　ライオン橋
図9（左）　ロバノフ＝ロストフスキー家のライオン像。
エヴゲーニィはこのライオンに跨がって難を逃れた

テルブルク』に登場する革命家ドゥートキンに再認することができるだろう。

グリボエードフ運河には、もしかしたらモスクワから強制移住させられたコローメンスコエ村の人々の思いが沈殿しているのかもしれない。

いずれにせよ、プーシキンも、ゴーゴリも、ドストエフスキーも、コロムナに秩序の破壊や反転を促す力を感じ取ったので、それぞれの物語空間に伝統的な広場を描いたのだろう。

プーシキンとドストエフスキーはモスクワで生まれ、ゴーゴリはウクライナに生まれた。だとすると、島で生まれた都市文学の根っこには案外ロシアの大地があるのかもしれない。

ガガさんが、苦境に陥っても逆転の発想で切り抜けたのは、コロムナのこうした土地柄と無関係ではないのではないか。

コロムナっ子の土性骨というか、「コロムナ魂」あるいは「コロムナ精神」のようなものがあるのかどうか、はじめて見た街の風景が運河だったというガガさんに、是非とも聞いてみたい。

市井の人々を描いた作家ゾーシチェンコや、頑固者、変人を描いた作家シュクシーンが大好きだったガガさんだ。

けれどもガガさんは、もう声もメールも届かない遠いところに行ってしま

図10（右）　直線のグリボエードフ運河は銀行橋から曲がりはじめる
図11（左）　ライオン橋周辺の建物

ってそれが叶わない……
ここにあらためて謝意を表し、心からご冥福をお祈りいたします。

＊

前著『ペテルブルク・ロシア　文学都市の神話学』は、文学テクストのペテルブルクを抽出する試みだった。

本書はそれとは方法が異なる。

環境を活かしてペテルブルクのとくにコロムナを、町と人を実際に感じながら、掬い取ってみようと考えた。

要のコロムナは常に念頭に置いていたが、時に近寄ったり、時に離れたりの繰り返しだったので形容しがたいものに仕上がってしまった。

エッセイでもないし、滞在記でもないし、いわゆる評論でもない。

前著も、ガガさんのこともご存じの、未知谷社主飯島徹さんに原稿を送ると、それでも本にしてくれるという。ありがたいことである。表題に頭を悩ませていたら、小町文雄さんの訳語「散策探訪《エクスクルシヤ》」（9章、140頁以下）を使ってはどうかとアドバイスを頂いた。そこでぽんと膝を打ってこのあとがきを書くことが出来たのである。

ペテルブルクで老輩がやってきたことは、文学テクストを杖にして、足で「コロムナ」を探すエクスクルシヤだったのである。本書はその記録ということになろう。すっきりした。

在外研究にあたっては多くの方々のお世話になった。難航したビザ取得から、居住先、転居、現地案内等々思い起こせば切りがない。この場を借りて謝意を表したい。ありがとうございました。

最後に、引き締まった書名をつけて下さった飯島徹さんと編集実務を担当してくださった伊藤伸恵さんに心より御礼申し上げます。

二〇一五年十月

(本書は、平成二六年度関西大学在外研究による成果の一部である)

コロムナ文学邦訳案内

プーシキン『青銅の騎士』郡伸哉訳、群像社、二〇〇二年。

『コロムナの家』木村彰一訳（『プーシキン全集第二巻』所収、河出書房新社、一九七二年）

ゴーゴリ『外套・鼻』吉川宏人訳、講談社文芸文庫、一九九九年。『外套』は落語訳（浦雅春訳『鼻／外套／査察官』光文社古典新訳文庫）や、ノルシュティンの絵コンテとともに愉しむことも出来る（児島宏子訳『外套』未知谷）。

ドストエフスキー『貧しき人々』安岡治子訳、光文社古典新訳文庫、二〇一〇年。

『白夜／おかしな人間の夢』安岡治子訳、光文社古典新訳文庫、二〇一五年。

『罪と罰』江川卓訳、岩波文庫、一九九九年。

主要参考文献

長谷見一雄「「ヴォグザール」の音楽会」(「ロシア手帳」第三九号、一九九四年)。

山田実『サンクト・ペテルブルク断章』未知谷、二〇〇四年。

片山ふえ『ガガです、ガカの』未知谷、二〇一三年。

カンディンスキー/フランツ・マルク『青騎士』白水社、二〇〇七年。

小町文雄『サンクト・ペテルブルグ』中公新書、二〇〇六年。

ヨシフ・ブロツキー『ヴェネツィア』集英社、一九九六年。

関川夏央『二葉亭四迷の明治四十一年』文藝春秋社、二〇〇三年。

水野忠夫『ロシア・アヴァンギャルド』PARCO出版局、一九八八年。

タチヤーナ・ラッパ「サンクト・ペテルブルク」http://tanushinpiter.blogspot.jp

『俺の職歴　ゾーシチェンコ作品集』群像社、二〇一一年。

Недошивин В. Прогулки по Серебряному веку: Санкт-Петербург. М. 2010.

Царев Р.Я. Санкт-Петербург: Необычные прогулки, которые перевернут ваше представление о северной столице. М. 2012.

Лурье Л. Петербург Достоевского: Исторический путеводитель. СПб. 2012.

Беляева Г. Прогулки по старой коломне. М. 2009.

Ковенчук Г.В Квартира номер восемь. СПб. 2011.
Георгий Ковенчук（Гага）рисует《Клопа》и многое другое. СПб. 2013.
Георгий Ковенчук. Альбом для чтения и рассматривания. СПб. 2012.
Беневоленская Н. П. Образ Петербурга в русской литературе XIX века. СПб. 2003.
Шелаева Е. Православный мир России в фотографиях конца XIX - начала XX века. СПб. 2001.
Алянский Ю. Увеселительные заведения старого Петербурга. СПб. 2003.
Семенцов С.В. Санкт-Петербург на картах и планах первой половины XVIII века. СПб. 2004.
Сады и парки Санкт-Петербурга. М.2004.
Санкт-Петербург. Энциклопедия. СПб-Москва. 2006.

（引用文のうち、訳者名を明記していないものは拙訳による。——筆者）

こんどう　まさお

東京外国語大学大学院修了。専攻、ロシア文学。現在、関西大学外国語学部教授。著書に『ペテルブルク・ロシア――文学都市の神話学』（未知谷、2014年）、共著に、『文化の翻訳あるいは周縁の詩学』（水声社、2012年）、『バッカナリア　酒と文学の饗宴』（成文社、2012年）、『イメージのポルカ』（成文社、2008年）、『都市と芸術の「ロシア」』（水声社、2005年）、『ヨーロッパの祭りたち』（明石書店、2003年）、共訳書に、『ロシア・アヴァンギャルド⑧／ファクト――事実の文学』（国書刊行会、1993年）等。訳書に『チェーホフのこと』（B. ザイツェフ、未知谷、2014年）がある。

散策探訪コロムナ
ペテルブルク文学の源流

2015年11月20日印刷
2015年12月10日発行

著者　近藤昌夫
発行者　飯島徹
発行所　未知谷
東京都千代田区猿楽町2丁目5-9　〒101-0064
Tel. 03-5281-3751 / Fax. 03-5281-3752
［振替］　00130-4-653627
組版　柏木薫
印刷所　ディグ
製本所　難波製本

Publisher Michitani Co. Ltd., Tokyo
Printed in Japan
ISBN978-4-89642-485-0　C0095

近藤昌夫 の仕事

チェーホフのこと

ボリース・ザイツェフ
近藤昌夫 訳・解説

チェーホフ自身も気付かなかった宗教性を掘り起こす異色の評伝。描かれたチェーホフ像はあまりにユニークすぎてどこへいっても反論されたという逸話が残る、ロシアへの愛、チェーホフへの愛が結晶した優れたドキュメント。

四六判上製304頁 本体3000円

未知谷

近藤昌夫の仕事

ペテルブルク・ロシア

文学都市の神話学

西欧を最大限に演出して造られた世界最大の計画的人工都市ペテルブルクで文学は何を描いてきたか。プーシキン、ゴーゴリ、ドストエフスキー、ガルシン、ソクーロフを手がかりに、この都市空間を考察し、文学的神話を検証する。

四六判上製464頁 本体5000円

未知谷